Hermine Villinger

Aus dem Badener Land

Erzählungen

Hermine Villinger: Aus dem Badener Land. Erzählungen

Erstdruck: Stuttgart, Verlag von Adolf Bonz und Comp., 1898 mit der Widmung: »Der geliebtesten Landesmutter, Ihrer königlichen Hoheit der Großherzogin Luise von Baden in Ehrfurcht gewidmet.«

Neuausgabe
Herausgegeben von Karl-Maria Guth
Berlin 2017

Umschlaggestaltung von Thomas Schultz-Overhage

Gesetzt aus der Minion Pro, 11 pt

**Verlag: Henricus - Edition Deutsche Klassik GmbH
Mörchinger Str. 33, 14169 Berlin, info@henricus-verlag.de**
Druck: Libri Plureos GmbH, Friedensallee 273, 22763 Hamburg

ISBN 978-3-7437-0649-1

Bibliografische Information der Deutschen Nationalbibliothek

Die Deutsche Nationalbibliothek verzeichnet diese Publikation in der Deutschen Nationalbibliografie; detaillierte bibliografische Daten sind im Internet über www.dnb.de abrufbar.

Inhalt

Vater und Sohn 4
Ums tägliche Brot 38
Preisgekrönt 51
»Zu Licht« 61
Sein Amt 70
Nach fünfundzwanzig Jahren 77
Die Rechnung ohne den Wirt 87
Entweder - oder 100

Vater und Sohn

Der pensionierte Hauptlehrer Streicher saß im Schlafrock hinter einer hübschen Anzahl Schulhefte, die er für seinen Sohn, den Lehrer, durchsah. Der Stoß war so hoch, daß der alte Herr von seiner ihm gegenübersitzenden Gemahlin nur gerade noch den grauen Scheitel und ein paar runde, lebhafte Augen zu sehen bekam. Sie strickte und hatte stets ein Wort auf den Lippen, das sie jedoch immer wieder durch des Gestrengen »Pscht« hinunterschlucken mußte. Sie hatten in den beinah vierzig Jahren, die sie miteinander zugebracht, einen ehrlichen, hartnäckigen, aber erfolgreichen Kampf miteinander geführt, indem jedes das andere anders haben wollte, als es war; da sie jedoch absolut in ihrer Eigenart verharrten, bewies am besten, daß sie sich weder durch Ärger noch Kränkung in ihrem Wesen geschädigt hatten.

»Ich bitt' dich, Streicher«, fuhr die kleine Frau endlich in heller Ungeduld auf, »so guck' doch nicht so unverwandt in die stupiden Hefte hinein, als hinge das Wohl des Landes von den paar Fehlern in diesen Aufsätzen ab –«

»Tut's auch«, sagte er, »ordentliche Kinder geben ordentliche Leute, denn Ordnung ist –«

»Ich weiß, ich weiß«, unterbrach sie ihn, »nur keine Reden jetzt, in mir fiebert alles – bist du denn gar nicht stolz, nicht außer dir, daß unser Heinerle an die Bürgerschul' nach Konstanz kommt, in so eine große Stadt, von unserem kleinen Thiengen weg, und nur wegen seiner musikalischen Anlagen, über die du von jeher nichts als geschimpft hast –«

»Über seine Richtung, ja, schimpf' ich noch heut'«, unterbrach sie der Alte und streckte den Zeigefinger aus, was er immer tat, wenn er eine längere Rede im Sinn hatte, »diese Wagnermusik ist für einen vernünftig organisierten Menschen einfach nicht zum aushalten; das ist ein Lärm, ein Getöse, um aus der Haut zu fahren; ja, in die Kirche bringt er mir sogar dies Unentwirrbare, nicht zu Begreifende –«

»Aber die Leut' sagen, 's wär' 's Schönste von der ganzen Kirch'«, warf Frau Streicher ein.

»Weil sie nichts verstehen, was wissen denn die, was Musik ist, wer weiß das überhaupt noch heutzutag?«

»Ja, aber gerad wegen seiner Musik kommt er ja nach Konstanz –«

»Wird ihm übel genug bekommen, wenn ich nimmer hinter ihm steh'; wie sieht denn der Bub die Hefte durch? Ganz dein Leichtsinn; deine Oberflächlichkeit und Flüchtigkeit; denn hast du in den langen Jahren unseres Zusammenseins auch nur das geringste von mir gelernt? Du weißt heute noch nicht, wo der Wind herkommt, obwohl ich dich schon einige hundertmal über die Windrichtungen belehrt habe.«

»Bist du jetzt fertig?« Die kleine Frau stützte das Kinn auf den Heftenstoß und sah den wieder darauf los korrigierenden Gatten mit einem durchdringenden Blick ihrer runden Augen an, »o Streicher, Streicher, was sind meine Splitterle neben den ungeheuern Balken in deinem eignen Auge; bist außer dir und machst ein Gesicht drei Tage lang, wenn man sein altes Kanapee überziehen lassen möcht', und hat unser Bubele einen Kittel gebraucht, nix war schlecht genug; bist aber gleich im nächsten Augenblick über die Gass' gerannt, um irgend einem schmutzigen Peterle oder einem Mariele ein Paar Stiefel oder einen Rock anmessen zu lassen; für die anderen war nie nix gut genug, für die eignen ist alles zu viel; schaust bei Gott heut' noch dem Heinrich auf die Finger, wenn er sich ein zweites Gläsle Wein einschenkt, und all' seine guten Eigenschaften existieren nicht für dich, obwohl 's deine eignen sind –«

»Da wär' ich froh, denn dann wär' er anders, allein ich habe meine Gründe –«

»Ich weiß, ich weiß«, rief sie, »und kann nur sagen, Gott sei Lob und Dank, daß unser Heinerle fortkommt, denn die altväterliche Bescheidenheit, in der du ihn hältst, ist längst aus der Mode; heutzutag traut sich jeder was zu, wagt was und gewinnt deshalb auch was; unser Bub aber hat seiner Lebtag hören müssen – du bist nichts und kannst nichts – und wenn ihn der Karlsruher Professor nicht hätt' in der Kirch' spielen hören und nicht ganz entzückt –«

»Ach was«, unterbrach er sie.

»Ja wohl, ja wohl, da ist er hereingekommen, der Herr Professor, und hat gesagt: Ihr Sohn ist ja ein sehr musikalischer Mensch – gottlob, ich bin dabei gestanden und hab's mit meinen eigenen Ohren gehört, sonst tätst du wieder die ganze Geschicht' verkleinern –«

»Wie du sie vergrößerst –«

Sie wollte schon auffahren, lachte aber plötzlich übers ganze Gesicht und eilte nach der Türe: »Der Bub, der Bub – da kommt unser Heinerle!«

Der hereintrat, war ein langer, hagerer Mensch von ungefähr dreißig Jahren; er hatte ganz das Gesicht des Vaters, denselben rührend bescheidenen Ausdruck mit dem gleichsam nach innen gerichteten Blick.

»Nun, was sagte der Herr Pfarrer zu deiner so plötzlichen Versetzung?« fragte der alte Streicher, »er hat dir gewiß eine Menge guter Lehren mit auf den Weg gegeben?«

Der Sohn lächelte: »Nicht eine, Vater, er sagte nur immer: ist's denn auch möglich, einen größeren Nagel zum Sarg hättst mir nicht schmieden können, als daß du gehst –«

Die Mutter nahm ihren Einzigen beim Schopf: »Das hab' ich mir gleich denkt –«

»Gedacht, gedacht«, korrigierte sie der Gatte.

»Denn wer soll ihm wieder so gute Musik machen wie unser Bubele! Die werden horchen, die Konstanzer!«

»Ei«, fuhr der Alte ärgerlich auf, »immer dieses sanguinische ›das Beste hoffen‹; man muß stets im Leben auf das Schlimmste gefaßt sein, und ich gestehe dir, Heinrich, daß ich sehr besorgt um deine Zukunft bin, denn du ließest wieder in einem Heft den Akkusativ für den Dativ stehen –«

»Herrgott«, rief die Mutter aus, »und die Welt ist nicht aus ihrer Achsel gegangen –«

»Aber um Gottes willen, eine Schullehrersfrau«, ereiferte sich der Alte, »Achse! die Welt dreht sich um ihre Achse –«

»Ich bitt' dich«, unterbrach sie ihn, »das ist ja doch so einerlei –«

»Nein, liebe Mutter, das solltest du dir wirklich merken«, sagte der Sohn; aber sie gab ihm einen leichten Schlag auf die Wange: »Bist halt dein ganzer Vater!«

»Wieso, inwiefern?« begehrte Herr Streicher auf, »das möchte ich doch wissen!«

»Besinn' dich einmal, Alter, hat es nicht eine Zeit gegeben, in der sich für dich die Welt auch um ganz andre Dinge drehte, als um eine Atzel?«

Heinrich lachte laut auf, während der Alte plötzlich verlegen wurde und ein ängstliches: »Aber, meine Liebe, du wirst doch nicht«, stotterte.

Sie lachte ihn unbarmherzig aus, sich offenbar an seiner Verlegenheit weidend, denn der alte Herr sah aus wie einer, der in Todesangst schwebt, irgend ein von ihm schamhaft gehütetes Geheimnis preisgegeben zu sehen. Das Pochen an der Türe, das in diesem Augenblick ertönte, war ihm daher sehr willkommen, und er rief mit großer Beflissenheit: »Herein!«

Ein Bäuerlein trat über die Schwelle, etwas zaghaft, nicht recht imstande, den Blick zu dem Hausherrn zu erheben, der ihm freundlich die Hand bot.

»Ah, ah, mein lieber Aberle, Ihr bringt mir gewiß die Zinsen, das freut mich, das ist schön; hast nicht noch ein Schüssele Kaffee, Frau?«

»Ja«, sagte sie, »er soll eins haben, aber daß er uns die Zinsen bringt, das glaub' ich nicht, denn es steht ihm auf dem Gesicht geschrieben, daß er sie nicht bringt.«

»Will nicht hoffen, will nicht hoffen!« meinte der alte Herr, während das Bäuerlein um einen halben Kopf kleiner wurde.

»Ach Gott, Herr Streicher, ich kann gewiß nix dafür, 's Weib ist halt wieder krank – 's ist schrecklich mit dem Weib!«

»So, was fehlt ihr denn?« fragte Frau Streicher.

»Hm, wir haben halt wieder ein Kleines kriegt.«

»Daß doch das Weibervolk das Kinderkriegen nicht lassen kann«, sagte Frau Streicher, indem sie sich mit untergeschlagenen Armen vor den Bauer hinstellte, »ihr Mannsleut' seid recht übel dran –«

»Die Frau Streicher ist alleweil lustig«, stotterte das Bäuerlein, »ja, ja, wer halt 's Auskommen hat, der kann lachen; ich wollt' ja gern zahlen, aber ich hab' nur noch eine Kuh – eine Kuh und fünf Kinder, drei davon sind tot, Gott hab' sie selig, sie sind wohl aufgehoben; meine Frau hat mir aufgetragen, einen schönen Gruß, und ob's der Herr Streicher verlangt, daß wir auch noch die letzt' Kuh verkaufen?«

»Nein, nein«, sagte er und kratzte sich das Kinn, »fatal, fatal, aber davon kann keine Rede sein –«

»Gelt aber, ich hab's gewußt, ich hab's gewußt, der Herr Streicher drängt die armen Leut' nicht, Gott vergelt's, Gott vergelt's Ihnen tausendmal!« rief der Bauer, stellte die Kaffeetasse auf den Tisch und wollte sich mit vielen Bücklingen entfernen, allein Frau Streicher stellte sich ihm in den Weg:

»Noch eins, Mann Gottes, Ihr geht doch hoffentlich auch manchmal ins Wirtshaus?«

»He, allemal am Sonntag, so ein Stündle, Frau Streicher, wenn's Gott's Wille ist.«

»Freilich«, sagte sie, »wer vergunnt's Euch denn, das Mannsvolk muß sich erholen, das ist von jeher in der Ordnung gewesen; langt's nicht, dann spart man an Weib und Kind, wenn nur die drei Märkle für Wein und Bier rauskommen –«

»Eh, was denken Sie auch«, ereiferte sich der Bauer, »so werd' ich doch nicht hausen, Frau Streicher, drei Mark versaufen, ich bitt' Ihnen!«

»Nun, da werden's zwei machen!« meinte sie.

»Das könnt ehnder stimmen«, gab er zu.

»Seht«, frohlockte sie, »da hätten wir's gleich, Ihr begnügt Euch in Zukunft mit einer Mark, und ich komm' jeden Sonntag bei Euch vor und hol' mir die andre Mark – macht im Jahr 52 Mark und 60 betragen Eure Zinsen; denkt Euch, wie bequem, auf die Art behaltet Ihr Eure Kuh, braucht nicht an Weib und Kind zu sparen und kommt noch außerdem nicht jeden Sonntag mit einem Rausch heim.«

Das Bäuerlein schielte zum Herrn Streicher hinüber: »Ein ganz nett's G'späßle; Frau Streicher ist immer lustig, wohl, wohl, ich empfehl' mich –«

»Aberle«, rief ihm der alte Herr nach, »seid nicht so pressiert, der Gedanke meiner Frau wäre des Überlegens wert; wenn Ihr wirklich zwei Mark alle Sonntagabend vertrinkt, das ist entschieden zu viel, das habe ich mir in meinem ganzen Leben nicht erlaubt. Begnügt Euch also in Zukunft mit einer Mark, mein Lieber, denn was ein braver Mann ist, der schränkt sich ein, wenn er Schulden hat; habt Ihr mich verstanden, Aberle?«

Der erhob den Zeigefinger: »O, Herr Streicher, man muß die Weibsleut' nicht so ins Kraut schießen lassen, sonst ist's bald aus mit dem Frieden in der Welt; denken Sie an mich, denken Sie an mich!«

Der Mann verschwand, und Frau Streicher brach in ein herzliches Gelächter aus: »Siehst du, Alter, daß ich auch zu etwas gut bin? Ich verwalt' das Amt der auswärtigen Angelegenheiten, denn ließ ich dich machen, ging all unser Erspartes für die anderen Leut' drauf. So und jetzt solls ein wahres Sonntagsabendessen geben, Schinken und Pfannenkuchen –«

»Warum nicht gar«, fuhr Herr Streicher auf, »am hellen Werktag –«

»Ich nenn's einen Festtag, an dem unser Bubele die Ehr' erlebt hat, nach Konstanz versetzt zu werden.«

Der Alte schüttelte das Haupt: »Weib, Weib, was würde erst aus uns, wenn ich die inneren Angelegenheiten nicht –«

»Weiß, weiß«, unterbrach sie ihn, »nichts blieb übrig, als der Abfall der Niederlande – damit ihr seht, daß ich auch was aufgeschnappt hab', ihr gelehrten Prinziper!«

Sie schoß in die Küche, und der alte Streicher meinte kopfschüttelnd: »Wenn das nun wieder jemand gehört hätte!« worauf er und der Sohn sich über die Hefte hermachten, die sie stillschweigend zu Ende korrigierten. Die Mutter hatte die Lampe gebracht und weinte nun draußen beim Kochen über das baldige Scheiden des Sohnes aus dem elterlichen Hause. Auch dem Vater ging der Abschied nah, er suchte jedoch seine Gefühle hinter einer besonders gestrengen Miene zu verbergen, die aber Heinrich recht wohl zu deuten wußte. Verstohlen irrten seine Blicke durch die behagliche Wohnstube hin zum Klavier, mit den beiden Notenständern rechts und links; auf dem schmäleren lagen des Vaters Noten, gegenüber die seinen – die heißgeliebten Klavierauszüge der Wagnerschen Werke. Wie gerne hätte er in diesem Augenblick seine ebenso freudige als schmerzliche Bewegung in Tönen ausgesprochen, allein dies war nicht ratsam heute, denn seine Musik verdarb dem Vater die Laune, und Heinrich hatte eine Bitte auf dem Herzen und zwar eine so große, daß er fürchtete, niemals den Mut zu finden, sie gegen den Vater auszusprechen.

Als die Mutter mit der Platte Schinken hereinkam, begegnete sie dem Blick des Sohnes, und da wußte sie gleich: der will was!

Sofort bekam der Alte den Hof gemacht, die saftigsten Stücke wanderten auf seinen Teller, er allein bekam vom guten Wein, dem Sohn wurde ein Glas vom sauern hingestellt; das entsprach dem Prinzip des Vaters, und er wurde aufgeräumt, während ihn nichts mehr verdroß, als wenn es der Frau einfiel, den Sohn wie einen Erwachsenen zu behandeln.

»Nur die Kinder nicht verwöhnen«, fing er an, denn dies war sein Lieblingsthema, »keine traurigere Mitgift als Prätentionen; die Verwöhnung der Jugend ist der große Fehler der Neuzeit, und ich habe noch nicht gehört, daß etwas Gutes daraus entstanden wäre –« damit schenkte er dem Sohn vom guten Wein ein, und Frau Streicher wußte: jetzt war der Moment gekommen, der Gatte hatte sich auf seinem Steckenpferdlein getummelt, da durfte man etwas wagen –

»Heinerle«, hub sie an, »du siehst mir so kurios drein heut abend, hast vielleicht was auf dem Herzen? Geh' schäm' dich, wenn man so gute Eltern hat, sollte man nicht lang Sparglamenten machen, gelt du,

Alterle, so ein dummer Bub, als ob man ihm heut' einen Wunsch versagen könnt'?«

Der alte Streicher machte »Hm« – und der junge räusperte sich, nahm in die Rechte die Gabel und in die Linke das Messer und sah in seinen leeren Teller:

»Nämlich, ich meinte nur, lieber Vater – wenn du nichts dagegen hättest, ich möchte so sehr gerne, bevor ich mein Amt antrete und somit gefesselt bin –«

Die Mutter schlug schon einen Marsch auf der Tischkante und zwar so lebhaft, daß der Gatte ihr mit einem »Pscht« beide Hände festhielt.

»Nämlich«, wagte sich der Sohn etwas weiter, »ich möchte für's Leben gern einer Wagneraufführung in Karlsruhe beiwohnen –«

»Um des Himmels willen«, brauste der Herr Streicher auf, »bist du nicht schon verrannt genug, willst du völlig verrückt werden? Ich hätte dich wirklich für vernünftiger gehalten, Heinrich –«

»Das Herz hängt mir daran, Vater, und außerdem wäre die Gelegenheit jetzt gerade so günstig«, sagte der Sohn, »in dieser Woche finden die Nibelungen in Karlsruhe statt und ich bin frei bis nächsten Montag, wo ich in Konstanz eintreffen soll; ich könnte also sämtliche Opern –«

»Sämtliche auch noch«, fuhr Herr Streicher auf, »nicht eine, sag' ich dir, das sind ganz und gar unnötige Ausgaben, bei denen nicht das geringste herauskommt; und niemals gebe ich die Erlaubnis zu einem solchen Unsinn.«

»Streicher –« Die kleine Frau legte die Hand auf ihres Mannes Arm, beugte sich ein wenig vor und flüsterte ihm leise zu: »und Jenny Lind?«

Der Eindruck, den dieser Name hervorbrachte, war ein bedeutender; Herr Streicher wußte sich einfach nicht zu helfen; erst wurde er rot, dann, dem Blick seines Sohnes begegnend, begann er zu husten und pusten, als sei er am Ersticken, schließlich sprang er vom Stuhle auf und fing an wie besessen durchs Zimmer zu rennen, er, der sonst die Bedächtigkeit und Langsamkeit in Person war. Frau Streicher, die sich innerlich über alle Maßen an dem Gebaren des Herrn Gemahls ergötzte, kam ihm doch zu Hilfe, indem sie allerlei plauderte und so des Sohnes Aufmerksamkeit von ihm ablenkte.

Die Aufregung des alten Herrn hatte sich in einem leisen, beinahe andächtigen Pfeifen Luft gemacht, wobei er den Zeigefinger wie im Takte bewegte, während seine alten Augen ein jugendlicher Glanz verklärte. Er öffnete das Klavier, schlug ein paar Akkorde an und begann dann mit seiner altmodischen steifen Fingerhaltung die Arie: Ei, so komm doch – aus der Nachtwandlerin zu spielen. Heinrich schnitt ein Gesicht, und nur der Respekt vor dem Vater hielt ihn davon ab, sich die Ohren zuzuhalten. Als aber die Musik gar kein Ende nehmen wollte, denn wenn der Alte einmal am Klavier saß, so tat er's nicht unter der halben Oper, da sprang Heinrich mit einem leisen: »Mutter, das halt' ich nicht aus«, von seinem Stuhle auf und machte sich davon.

»Das allein ist Musik«, erklärte Herr Streicher nach einer guten Stunde und drehte sich schweißgebadet auf seinem Klavierstuhl herum. Es war aber niemand mehr anwesend als die Gattin, die bereits ein Vorschläfchen machte, nachdem sie Kanapee und Stühle für die Nacht mit Überzügen versehen und auch das eigne Haupt in eine Nachtmütze gesteckt hatte. Der alte Herr wiederholte sehr ärgerlich: »Hast du gehört, das allein ist Musik.«

Sie fuhr auf: »Freilich, freilich, für mich ist alles Musik, was ein Gedudel macht.«

»Und der Heinrich ist natürlich wieder davongelaufen, das tut er immer, wenn sein Vater ans Klavier sitzt.«

»Und du machst es gerad' so, wenn er spielt, Alter, ihr habt darin einander gar nichts vorzuwerfen – jetzt aber hab' ich was im Sinn und zwar nichts anderes, als dir ein paar Tatsächlichkeiten vorzuhalten, damit du wieder einmal siehst, wie du anno 1846 gewesen bist, denn das scheinst du total vergessen zu haben.«

Sie hatte, während sie sprach, ein kleines blau angestrichenes Kästchen aus dem Schrank geholt und führte nun den laut brummenden Gatten, der behauptete, es sei die höchste Zeit zum Schlafengehen, zum Tisch hin, wo sie ihn in den bereits überzogenen Lehnstuhl drückte. Sodann packte sie den Inhalt des Kästchens aus – eine verblichene Zeitung, etliche morsche Lorbeerblätter, ein völlig vergilbtes Spitzenhäubchen und ein dicker Brief, an dem noch die Reste roter Oblaten klebten.

Der alte Streicher warf einen halb ärgerlichen, halb neugierigen Blick auf diese Zeugen seines einstmaligen Fühlens, aber bevor er recht im reinen war, ob er gehen oder bleiben wolle, hatte ihm die Gattin schon die Brille von der Nase genommen und sie auf die eigne gesetzt, und gleich nach den ersten paar Zeilen vergaß der alte Herr zu protestieren und war die Aufmerksamkeit selbst. Der Brief lautete:

Karlsruhe, den 31. November 1846.

Geliebte Braut!

In deinen Busen will ich sie niederlegen, alle die Erinnerungen dieser zum Teile gemeinsam verlebten, so unvergeßlich schönen Zeit, damit sie niemals verblasse, sondern in dem Schacht unsres Gedächtnisses sich in ewiger Frische erhalte:

Es war zu Johanni 1846, als ich an die Bürgerschule der alten Festungsstadt Rastatt versetzt wurde.

Von mütterlicher Seite her mit nicht geringen musikalischen Anlagen begabt, verfolgte ich damals mit nicht zu beschreibendem Eifer den wahrhaft phänomenalen Triumphzug dieses ersten Sternes der göttlichen Gesangeskunst, der von ganz Europa gefeierten Jenny Lind.

Welches aber waren meine Gefühle, als eines Tages die Nachricht unsere Stadt durchlief: Jenny Lind wird in Karlsruhe gastieren! Mein Freund, sagte ich zu mir selbst, was du besitzest, ist wenig, allein stehe darum nicht an, alles für den Genuß hinzugeben, etwas Unvergleichliches in dich aufzunehmen, das dir Zeit deines Lebens Zinsen tragen wird, indem es dich erleuchten und kräftigen soll in dem kommenden Ungemach, das jeden Sterblichen an der Pforte des Alters erwartet. Ich schrieb also unverzagt an den Kassier des Großherzoglichen Hoftheaters, er möchte die Güte haben, mir ein Billet im Parterre zu besorgen für das erste Auftreten der Jenny Lind in der Nachtwandlerin am 30. November. Der Herr Oberlehrer war so gut, mich für einen halben Tag in der Schule zu vertreten, meine Hausfrau flocht mir von den Blättern meiner Epheustöcke einen wunderschönen Kranz, mit welchem ich mich am Morgen des bewußten Tages in nicht zu beschreibender Aufregung auf den Weg machte.

Da mir die ganze Postfahrt von Rastatt nach Karlsruhe zu teuer gewesen wäre, legte ich die vier Stunden bis Ettlingen zu Fuß zurück: Es war jedoch etwas Schnee gefallen und viel Glatteis, so daß ich statt um ein Uhr, erst gegen drei in Ettlingen anlangte, wo mir gerade noch Zeit blieb, über Hals und Kopf in den Postwagen zu stürzen, unter welchen Verhältnissen ich natürlicherweise an ein Mittagessen nicht denken durfte. Der Postillon, ein junger Bursche, beantwortete meine Frage, ob unter der obwaltenden großen Glätte der Straßen nicht ein Umsturz des Wagens zu befürchten sei, mit der Versicherung: »'s geschieht nur manchmal, aber net immer.« Ich nahm also mein sehr schmal zugemessenes Plätzlein ein, rechts hatte ich die Wand, links zwei hohe Schachteln, hinter denen eine Modistin saß, die auf ihrer anderen Seite wiederum ein hohes Schachtelgebäude stehen hatte. Ich sah sie nicht, hörte sie dagegen fortwährend sprechen, und da sich die beiden Mitpassagiere, ein Pferdehändler und ein Schweinehändler, auf das eifrigste unter einander unterhielten und gar nicht auf die Mamsell achteten, so mußte ich annehmen, daß ihre Reden an mich gerichtet waren. Für's Leben gern hätte ich mein Erstaunen ausgedrückt, wie es möglich sei, so nahe der Residenz von etwas anderem zu sprechen, als von der Jenny Lind, allein es war mir nicht möglich, der Beredsamkeit dieser Person auch nur für einen Augenblick Einhalt zu tun. Wir hatten eben das langgestreckte Rüppur im Rücken und eine trostlose Ebene nach allen Seiten tat sich vor uns auf, als wir plötzlich mit einem vernehmlichen Krach in den neben der Landstraße liegenden Graben sausten. Unbeschreiblich war der Spektakel, der alsbald im Innern des Omnibusses vor sich ging. Die Männer fluchten und schimpften und schrieen nach dem Postillon, die Mamsell jammerte um ihre Hüte, und ich hatte nur zu tun, meinen Kranz vor der Vernichtung zu bewahren und die mich zu zerquetschen drohenden Schachteln von mir fern zu halten. Es gelang mir schließlich, die Türe zu erreichen und diese zu öffnen.

»Warum«, rief ich den Postillon an, »läßt Er uns denn nicht aus dem Kasten?« Er antwortete: »Z'erscht komme d' Gäul, d' Deichsel isch wieder kaput, da führ' ich sie allemal gleich nei, nach Rüppur.« Nach diesen Worten schwang er sich auf eines der Pferde und trabte mit ihnen davon, während ich den beiden wütenden Männern auf die Erde half; sie liefen fort, ohne von der armen Mamsell Notiz zu nehmen, die fürchterlich jammerte und sich vor dem Sprung aus dem Omnibus scheute. Ich nahm ihr also zuvörderst ihre Schachteln ab und redete ihr dann zu, in den weichen Schnee zu springen, was sie endlich nach langem Besinnen tat, und nachdem ich ihr, auf dem Rade stehend, die Hand gereicht hatte, wobei wir miteinander platt in den Graben fielen. Sie beschwor mich unter einem fürchterlichen Tränenstrom, sie doch um Gottes willen nicht mit ihren Hüten mutterseelenallein in dieser Einsamkeit zu lassen, welche Unmenschlichkeit ich natürlich nicht im Sinne hatte, sondern meinen Epheukranz um den Hals hing und zwei der größten Schachteln aufpackte, während die Mamsell die anderen beiden nahm. So machten wir uns auf den Weg; über das Feld pfiff ein schneidiger Wind und das Frauenzimmer schwatzte wieder ganz fidel, während ich in der Todesangst lebte, am Ende zur Kassenöffnung zu spät zu kommen. Wie aber beschreibe ich meinen Schreck, als plötzlich ein Windstoß den Deckel meiner obersten Schachtel aufriß und einen großblumigen Hut daraus entführte, der sofort seinen Weg querfeldein nahm. Die Person sank heulend am Weg nieder, schrie nach ihrem teuren Hut und behauptete, selbigen mit ihrem ganzen Vermögen nicht bezahlen zu können. Was blieb mir anders übrig, als dem Hut nachzusetzen über Stock und Stein, wobei ich der Glätte wegen alle paar Schritte auf die Nase fiel, mir Ellenbogen und Knie zerschund und meinen besten Rock beschmutzte. Aber wie erstaunte ich, als ich endlich, mit dem eroberten Hute zurückkehrend, die Person zwischen ihren Schachteln sitzend, in einem solchen Gelächter begriffen fand, daß sie ein paar Minuten lang außer Stande war, sich von ihrem Platz zu erheben.

Es waren noch wenige Minuten bis fünf, als wir am Ettlinger Tor ankamen; um fünf Uhr aber war die Kassenöffnung. Gott verzeihe mir die erste und hoffentlich auch letzte Rücksichtslosigkeit meines Lebens – ich setzte der schreienden Mamsell die Schachteln vor die Füße und flog wie ein Wahnsinniger über den Marktplatz und Schloßplatz und kam gerade noch recht, um mir mit Einbüßung meines Hutes, aber mit hocherhobenem Kranze, einen Platz im Parterre zu erobern. Und nun, meine vielgeliebte Braut, kommt der Moment: ich hatte einen Eckplatz und neben mir, im dichtesten Gedränge, standest du, ganz an mich hingedrückt, und obgleich ich mich vor Müdigkeit fast nicht mehr regen konnte, der hilflose Blick deiner großen braunen Augen ging mir so tief zu Herzen, daß ich mich sofort erhob und dir meinen Platz anbot. Allein schon während der wundervollen Ouverture der Nachtwandlerin übermannte mich die Erschöpfung, daß mich erst ein rasender Applaus zu mir selber brachte: wie durch einen Schleier sah ich eine hold lächelnde, sich oftmals verneigende Gestalt, suchte nach meinem Kranz und hatte mit einemmal die Empfindung, ihn auf meinem eigenen Haupte zu tragen. Dies kam mir so schmählich vor, daß ich mir die erdenklichste Mühe gab, mich klein zu machen, was mir jedoch nicht um die Welt gelingen wollte. Plötzlich fühlte ich einen stechenden Schmerz im Ohrläppchen, und nun bemerkte ich zu meinem namenlosen Entsetzen, daß ich mit dem Gesicht auf deiner Schulter lag, während du mir mit puterrotem Gesichtchen zuflüstertest: »Schreien Sie nicht, ich habe Sie ins Ohr gestochen, damit sie endlich aufwachen, Sie schrecklicher Mensch!« In diesem Augenblick fiel der Vorhang und ich Unglücksmensch hatte den ganzen ersten Akt verschlafen. Aber glücklicherweise schien es nicht bemerkt worden zu sein, denn alles um mich her schrie und applaudierte und erging sich in Ausdrücken der Bewunderung und des Entzückens. Ich aber richtete meine demütigste Bitte um Verzeihung an das junge Mädchen, indem ich ihr auseinander setzte, unter welch erschwerenden Umständen ich Karlsruhe erreicht hatte, und daß ich seit dem Morgenkaffee nichts mehr zu mir genommen. Und nachdem ich dir das Postunglück beschrieben, sowie das Abenteuer mit der Modistin, lachtest du hell wie ein Glöcklein auf und deine Worte waren: »Jesses, was müssen Sie für ein unpraktischer Mensch sein!« Zugleich aber standest du dem körperlich Ermatteten mit wohlgeschmiertem Butterbrötlein aus deinem Ridicüle bei, und diesem mir so edel geopferten Labsal hatte ich es zu danken, daß ich, Gott Lob und Dank, dem ferneren Verlauf der Oper mit ganzer Andacht zu folgen vermochte. O du unvergleichliche, gottbegnadete Gesangeskünstlerin, du Rührerin der Herzen, wie soll ich mich ausdrücken, um deinem vollendeten Genius gerecht zu werden! Herrin aller undenkbaren technischen Mittel und Fertigkeiten, hat ihr die Natur eine Grazie und einen wahrhaft himmlischen Ausdruck des Auges verliehen; dieses zauberische Mädchen entzündet die Herzen und wären sie von Stein; ihr dargestellter Schmerz erweckt tiefes Mitgefühl, ihre Freude und Seligkeit findet das Echo in unserem Busen; kurz, nur ein gänzlich Herz- und Gemütloser kann hier kritisieren und zerlegen, so siegreich ist der Eindruck, den sie auf Schauer und Hörer hervorbringt. Ich kann es leider mit dem besten Willen nicht notieren, wie oft die große Künstlerin gerufen worden ist, auch war es ein unbeschreiblicher Anblick, in welcher Masse die Kränze von den Galerien und aus den Logen geflogen kamen; sogar mit einer mächtigen Rosenkrone ist sie beschenkt worden – wirklichen echten Rosen zu dieser Jahreszeit –, was müssen die gekostet haben! Was meinen Kranz anbelangt, den ich aus so vielen Wirrsalen glücklich gerettet hatte, er war dahin, mir entschlüpft und unter die Füße des Publikums gekommen; als ich ihn suchen wollte, sagtest du: »Ich bitt' Sie, lassen Sie ihn liegen, der ist doch nimmer präsentabel.« Zum Schluß der herrlichen Oper fiel noch ein Kranz aus einer Loge hinter uns, und an diesem Kranze hing ein weißes Spitzenhäubchen, das wahrscheinlich einer Dame im Fluge vom Kopf gerissen worden war, und welcher Zufall! es fiel dir auf das braune, schön gescheitelte Haar. Dies erschien mir wie ein Omen und erfüllte meine Seele mit einer solchen Kühnheit, daß ich wagte, was ich sonst niemals gewagt haben würde: nämlich ich ergriff das Häubchen, wies es dir und sprach die Worte: »Gott will Sie unter die Haube haben, liebes Jüngferle«, worauf du antwortetest: »O Sie Unartiger!« Kurz, ich war von einer doppelten Trunkenheit erfaßt, und es muß dahin gestellt bleiben, war es der Enthusiasmus, den der Gesang der göttergleichen Jenny Lind in mir entfacht, oder war es die Liebe zu dir, welche in meinem Herzen die Oberhand gewann – ich fürchte, dies wird ein ewiges Rätsel bleiben müssen. Genug, ich folgte dir zum Theater hinaus in der Absicht, dir beim Suchen deines Vaters behilflich zu sein, der dir versprochen, dich nach dem Theater abzuholen. Wir suchten aber umsonst, die Leute hatten sich längst verlaufen, und wir konnten deinen Vater nicht finden. Statt aber unter diesen Verhältnissen in Verzweiflung zu geraten, bliebst du ganz vernünftig und sagtest mit einer Ruhe, die die in der Nähe der Residenz Aufgewachsene verriet: »So sind die Männer, sie brauchen nur zu einer Weinversteigerung zu gehen, so gibt's für sie keine Zeit und kein Versprechen mehr. Es ist freilich ein bißle viel verlangt, aber ich wär' Ihnen arg dankbar, wenn Sie mich bis ans Durlachertor begleiten täten, dort hat der Vater einen Hauderer zum Heimfahren hinbestellt – Blamasch nennen die Karlsruher so ein Wägele, sitzen aber doch 'nein – kommt der Vater nicht nach einer Weil', so fahr' ich nach Durlach und schick' den Hauderer wieder zurück.« Wir gingen also mit einander über den hell beleuchteten Schloßplatz, und du teiltest mir mit, daß die Gaslaternen an diesem Abend zum erstenmal brannten und zwar nicht allein am Theater, sondern der ganze obere Teil der Stadt, vom Mühlburgertor bis zum Marktplatz, in dieser glänzenden Beleuchtung prange. Dieser Umstand aber machte sich doppelt bemerkbar, als die höchste Leuchtabilität, der Mond, nicht anwesend war. Die Karlsruher schienen aber auch alle aus dem Häusle zu sein, denn obwohl es bereits neun Uhr vorüber war, promenierte noch alles auf dem Marktplatz und in der langen Straße herum. Jedenfalls kann unsere aus dem Walde gehauene Residenz mit ihren 25,000 Einwohnern nun an Eleganz und Schönheit mit den größten Städten Deutschlands konkurrieren. –

Je näher wir aber dem Durlachertor kamen, wo noch die alten Öllampen mit ihrem matten Totenlicht glimmten, desto schwerer wurde mir's ums Herz, denn noch hatte ich nicht jenes Wort gesprochen, das zum ewigen Bunde führt oder für immerdar trennt. Am Durlachertor stand wirklich der Hauderer, aber das Männlein, das auf unser Rufen aus dem Wagen kroch, hatte sich unter Anwendung von Spirituosen so stark eingeheizt, daß ich erklärte, das Jüngferlein nun und nimmer dem Schutze dieses unzurechnungsfähigen Kutschers anzuvertrauen. Mit Mühe und Not brachte ich ihn, nachdem wir noch eine Zeitlang auf den Vater gewartet, auf den Bock hinauf, wo er, wie ein Schilfrohr im Winde, hin und her schwankte. Aus dem dunklen Gewölk des Himmels war der Mond gebrochen und geheimnisvoll leuchtete sein Licht durch die kahlen Pappeln am Wege. Und wir saßen Seite an Seite, es war mir endlich vergönnt, dir zu sagen, daß ich das Amt eines Schulmeisters bekleidete, daß auch mein Vater Schulmeister war, und ich zu Gott hoffte, einstens meinen Sprößling denselben Weg wandeln zu sehen; und nachdem ich mich in einer längeren Rede über das Glück der Ehe ausgesprochen und mich dir eben als sehnsüchtigen Aspiranten dieses Sakramentes nennen wollte, da jagtest du mir keinen geringen Schrecken ein, indem du plötzlich unter merklichem Gähnen die Frage tatest, ob ich immer so ausführlich sei. O Himmel und ich verneinte! Die Angst, du könntest mich im Falle der Bejahung am Ende nicht lieben, machte mich feig genug, zu einer Lüge meine Zuflucht zu nehmen. Allein, als ich eben im Innern zu mir selber sagte: Kann ein Glück bestehen, das auf einer Täuschung aufgebaut ist? brachest du in völliger Ahnungslosigkeit in die Worte aus: »Herrgott, wo ist unser Kutscher hingekommen? Was ist mit unserem Kutscher geschehen?« Und richtig, es war nur allzu wahr, der Mann war nicht mehr da! Das Rößlein aber ging seinen lahmen Trab weiter, und als ich »Öööh« rief, stand es augenblicklich still. Ich sagte dir, daß, obgleich mein Herz des Unausgesprochenen voll sei, ich auf der Stelle umkehren müsse, um dem verunglückten Manne beizustehen. Als ich jedoch im Begriff war, auszusteigen, riefest du aus: »Ja, was wollen Sie denn wieder, Sie unpraktischer Mensch, wenn dem Mann was passiert ist, können Sie ihn doch nicht auf Ihren Armen nach Durlach tragen – wir kehren natürlich mit einander um –« Engel, dachte ich, Erzengel! – getraute mir aber selbstverständlicherweise nicht, es laut zu sagen, sondern griff in die Zügel des Rosses. Indes des Fahrens unkundig, scheine ich das Leitseil nicht richtig gehandhabt zu haben, denn um ein Haar wären wir im Landgraben neben der Allee gelegen. »Jesses«, riefest du aus, »Ihnen merkt man's auch an, daß Sie immer in die Bücher gucken, statt in's gewöhnliche Leben!« Damit nahmst du die Zügel und kutschiertest höchst flott, indem du im Wägele standest, den Weg zurück. Jetzt, dachte ich, jetzt nur schnell die Zeit benutzt – und fing mit einem Seufzer an, dem ich hinzufügte: »O Sie mein wertes und liebes Jüngferle, wenn Sie wüßten –« da deutetest du nach rechts: »Liegt dort nicht was Schwarzes?« Ich schnellte auf: »Es ist der Schatten der Pappel – ich bitte Sie um alles in der Welt, lassen Sie mich endlich gestehen –« »Aber dort liegt was Schwarzes!« riefest du und deutetest nach der entgegengesetzten Seite, – »Aber das ist ja der Schatten einer anderen Pappel«, rief ich aus. – »Himmel«, sagtest du, »aber dort torkelt etwas des Wegs daher, und das ist gewiß keine Pappel; wie gescheit, wenn's der Vater wär', dann könnten wir ihn auch gleich mitnehmen. Ja, richtig«, setztest du hinzu, »er ist's und gut geladen – he he, Vater, steigt ein, Vater, ich bin's –« Der Mann saß kaum im Wägele, wobei ich ihm behilflich war, als er mit beiden Fäusten über mich herfiel: »Er Lump, er ist natürlich wieder betrunken und läßt mich da die halb' Allee rauf laufen.« »Haltet, Vater«, legtest du dich ins Mittel, »das ist ein völlig unschuldiger Herr und nicht der Kutscher, den suchen wir auf der Landstraß', habt Ihr ihn nicht vielleicht am Weg liegen sehen?« »Freilich«, sagte mein von mir bereits im stillen verehrter Schwiegervater, »am Weg ist freilich was gelegen, und ich bin auch noch drüber gestolpert, aber wer denkt denn, daß der Mensch so einen Rausch haben kann, daß er nicht einmal weiß, wo er liegt – hä hä hä!« lachte der Mann, dehnte sich so behaglich aus, daß er mich fast zum Wägele hinausdrückte, und sagte mit einem tiefen Seufzer: »Gottlob, daß ich in mei'm Bett lieg'.«

Wir fanden auch noch den Kutscher, den ich sorgsam neben den schnarchenden Mann legte, worauf ich mich, mit dem Hut in der Hand, an dich, meine Erkorene, wandte, die du übermütig lachend auf dem Bock saßest. »Leben Sie wohl«, sagte ich, »und erlauben Sie mir, Ihnen morgen in der Früh dasjenige zu sagen, wozu mir heute die Gelegenheit nicht günstig gewesen ist?« »Ja, wissen Sie denn, wer ich bin und wo ich wohne?« fragtest du, »Theresle heiß' ich, und mein Vater ist der Traubenwirt in Durlach; Sie sollten gescheiter mit uns umkehren und dort übernachten.« »Nein«, sagte ich, »denn erstens wäre es zu viel für das arme abgehetzte Pferd, und zweitens habe ich meinem Vater versprochen, im Mohren in Karlsruhe zu übernachten, weil er dort einmal vor vielen Jahren gewohnt hat.« Ich wollte gehen, da riefest du mir nach: »Ich weiß ja gar nicht, wie Sie heißen!« Schnell wandte ich mich um: »Johann Xaverius Streicher, Lehrer zu Rastatt, gebürtig aus Krotzingen, Amt Freiburg.« Nun fuhr sie weiter und das letzte, was ich hörte, war Lachen mit dem silberhellen Klang. »O Gott«, sagte ich zu mir selber, sollte ich wirklich das unbegreifliche Glück erleben und einen solchen Engel heimführen dürfen.« Indem ich so die Allee entlang rannte, bemerkte ich plötzlich, daß ich den Hut in der Hand hielt und wollte ihn aufsetzen. Zu meiner Verwunderung jedoch stieß ich auf einen Gegenstand auf meinem Haupte, griff danach, und wer beschreibt meine Überraschung, ich hatte bereits einen Hut auf dem Kopfe – das heißt eine Kappe, und das, was ich in der Hand hielt, war ebenfalls eine Kappe, wohl die Kopfbedeckungen der beiden Männer im Wägele, die ich mir in der Zerstreutheit und Aufregung, Gott weiß wie, angeeignet hatte. Hattest du deshalb bei unserem Abschied so herzlich gelacht? Ach wenn du mich doch auf meinen Irrtum aufmerksam gemacht hättest, wie viel besser wäre es für mich gewesen! Nämlich als ich nach Verlust meines Hutes bei der Kassenöffnung barhäuptig neben dir herging, machtest du die Bemerkung, es sehe aus, als sei ich nichts Rechts, und es war dir sehr daran gelegen, mit mir so bald als möglich aus der hellen Gasbeleuchtung wegzukommen. Nun, da ich zwei Kopfbedeckungen hatte, kam ich mir mit denselben erst recht wie nichts Rechtes vor, und ich erlaubte mir nicht, mich des fremden Eigentums zu bedienen, sondern zog es vor, beide Kappen in der Hand zu tragen. Da ich den Plan der Residenz genau inne hatte, wurde es mir nicht schwer, den westlichen Teil der Stadt aufzufinden, wo der »Mohren« sich Ecke der Stephanien- und Linkenheimerstraße befinden sollte. Es war jetzt elf Uhr des Nachts und eine Todesstille in den Gassen, als ich nicht weit von mir, auf dem Akademieplatz, einen Herrn in seiner ganzen Länge über das Trottoir fliegen sah, wobei ihm der Zylinder davonrollte. Ich griff sofort nach demselben, half dem Herrn, der sehr wohl gekleidet war, in die Höhe und offerierte ihm meinen Arm. Er nahm ihn, indem er sich beklagte, er habe sich sehr weh getan und könne Gott danken, daß wenigstens noch ein Mensch unterwegs gewesen sei, indem sonst gewöhnlich, wenn er von seiner Gesellschaft nach Hause gehe, keine Seele mehr zu sehen wäre. Hierauf fing er an wieder zu schimpfen, indem er mir erzählte, kein Mensch sei mehr in diesem Karlsruhe seines Lebens sicher, indem man sich alle Augenblicke an etwas Neues gewöhnen müsse; so habe man bisher bequeme, mit Steinen ausgehauene Rinnen gehabt und nun sei man plötzlich auf die unglückliche Verbesserung verfallen, die Trottoirs zu erhöhen, und da man an die abgeflachten gewohnt sei, so riskiere man, bei jeder Gelegenheit Hals und Bein zu brechen.

»Gewiß habe ich mich stark beschädigt«, schloß der Herr, »denn ich kann kaum gehen und bin Ihnen sehr dankbar, wenn Sie mich bis zu meiner Wohnung, Stephanienstraße 9, begleiten möchten.«

Bei der nächsten Laterne sah mich der Herr an und meinte: »Sie haben ja zwei Kappen?« »Allerdings zu viel für einen, der den Kopf verloren«, gab ich zur Antwort. »Etwas zu viel getrunken?« fragte er. »Nicht im geringsten«, sagte ich, »sondern ich bin auf so unerklärliche Art zu diesen zwei Exemplaren gekommen, von denen keines mir gehört, daß es am Ende ein eigentümliches Licht auf mich werfen könnte, wollte ich Ihnen erzählen, wie ich in aller Unschuld zum Dieb geworden bin.« »Hm«, sagte der Herr und nahm schnell seinen Arm aus dem meinen, »so so, nun, ich will Ihnen etwas sagen, ich werde mich nicht lange wehren, – nehmen Sie, nehmen Sie –« damit drückte er mir einen Geldbeutel in die Hand, der jedoch zur Erde fiel, und während ich mich darnach bückte, lief der Herr mit einer Geschwindigkeit davon, daß er mir schon nach wenig Minuten aus den Augen verschwunden war. Mein Schreien und Rufen: »Ich will Ihr Geld nicht, was glauben Sie von mir?« wurde nicht gehört, und so blieb mir nichts anderes übrig, als den sonderbaren Herrn laufen zu lassen und mich in meinen Gasthof zu verfügen, wo ich völlig erschöpft auf mein Lager sank, von den Strapazen des Tages ein gelieferter Mann.

Zum erstenmal in meinem Leben habe ich, sage! bis um acht Uhr geschlafen und wollte gerade voll Seligkeit dein gedenken, als mir die zwei auf dem Tisch liegenden Kopfbedeckungen mit samt dem Geldbeutel ins Auge fielen. Ich durfte also nicht gleich zu dir eilen, sondern meine erste Pflicht war, jenem sonderbaren Herrn sein Geld zurückzubringen und ihm darzulegen, daß sein Verdacht ein falscher gewesen, und er es mit keinem Dieb zu tun gehabt.

Ich bog also um die Ecke und läutete an dem wenige Schritte vom »Mohren« entfernten Haus. Eine Magd öffnete und gab mir den Bescheid, der Herr Geheimrat liege noch im Bett und pflege nicht vor zehn Uhr aufzustehen. So gab ich das Geld ab mit der Bemerkung, dasselbe sei in der Nacht an den Verkehrten gekommen, und ich lasse dem Herrn Geheimrat eine gute Besserung wünschen. Als ich zum Hause hinaus ging und die Türe hinter mir schloß, blieb ein Zipfel meines Mantels dazwischen eingeklemmt und zwar so unglücklich, daß es mir unmöglich war, mit der Hand den Schellenzug zu erreichen.

So stand ich höchst unbequem festgenagelt und wartete auf einen Vorübergehenden, damit er mich erlöse, denn außer der Sehnsucht nach dir, mein geliebtes Theresle, plagten mich die beiden unglückseligen Kappen, deren Zurückerstattung an ihre Eigentümer mir vor allem am Herzen lag. So war meine Absicht mir – erstens einen neuen Hut zu kaufen, zweitens bei S. Modl, Vorderer Zirkel 20, anzukehren, wo ich einen gepriesenen Kleiderstoff, namens Jenny Lind für dich erstehen wollte, um drittens mich so schnell wie möglich nach Durlach zu verfügen. Allein, so sehr ich mich auch bemühte, die Straße auf und ab zu schauen, es kam kein Mensch. Ach und meine Zeit war so kurz bemessen! Um vier Uhr schon sollte ich in Rastatt zur Singstunde eintreffen, um zwölf ging die Post nach Ettlingen, dort wollte ein mir befreundeter Bauersmann warten und mich auf seinem Leiterwagen mit nach Rastatt nehmen. Und nun stand ich da, und der Stundenzeiger der Zeit rann unaufhaltsam seinen Weg. Ach, wie entsetzlich ist doch für uns Kleinstädter so eine große Stadt, welche Hilflosigkeit bemächtigt sich einem, wenn man in einem solchen Labyrinth von Straßen keine einzige bekannte Seele weiß. Sonst pflegen doch wenigstens Kinder auf der Gasse zu spielen, in dieser Stephanienstraße war nicht einmal ein Hund sichtbar. Zehn Uhr hatte es längst geschlagen, und der qualvolle Gedanke, daß du mich für einen Wortbrüchigen und dein Vater mich für einen Kappendieb halten möchten, brachte mich in einen Zustand so gewaltiger Desperation, daß ich, völlig meiner Bürgerpflicht vergessend, so lange mit dem Schirm gegen die verdammte Haustür losschlug, bis er mit einem Krach entzwei brach. Vor mir aber stand ein finster blickender Polizeidiener, der wohl hinter meinem Rücken hergeschlichen sein mochte, und fuhr mich barsch an:

»Wie heißen Sie? Wer sind Sie?« Ich nannte meinen Namen, den er aufschrieb –

»Sie werden sich wegen Ruhestörung zu verantworten haben, kommen Sie mit mir«, sagte er. Als ich jedoch keine Anstalt machte, ihm zu folgen, wurde er noch gröber und schrie mich wütend an: »Sie sollen diesen Platz verlassen, Sie!«

»Ach, lieber Herr Polizeidiener«, gab ich ihm freundlich zur Antwort, »das will ich ja schon seit heute früh um halb neun Uhr, aber ich bin eingeklemmt und wäre Ihnen sehr dankbar, wenn Sie mich aus meiner entsetzlichen Lage befreien wollten.«

Gott sei dank, dies geschah, dann aber fragte mich der unglückselige Mensch: »Sie haben wohl gebettelt da drin?«

»O nein«, rief ich aus, »wo denken Sie hin?« »Ja, was ist denn dann mit der Kapp', die Sie in der Hand tragen?« »Die gehört allerdings nicht mir«, gestand ich, »und ebensowenig die, die ich auf dem Kopfe trage, Sie werden deshalb begreifen, welche Qualen ich ausstand, stundenlang an dieses Haus gefesselt zu sein, während ich keinen anderen Wunsch habe, als diese Kappen an ihre Eigentümer zurückzuerstatten. Vielleicht, wenn ich mich recht beeile, könnte es gerade noch langen –«

»Nix da«, sagte der Polizeidiener und hielt mich am Arm fest, »Sie sind mir sehr verdächtig mit Ihrer Kappenaffäre, kommen Sie mit mir auf die Polizei.«

»Aber um Gottes willen«, stotterte ich, »ich bin ja der Lehrer Johann Xaverius Streicher aus Rastatt.«

»Das kann jeder sagen«, fuhr mich der wütende Mensch an, »nur mit und nicht ausgekniffen.«

So ging ich denn, indem ich bei jedem Schritt in die Erde zu sinken glaubte, neben dem unbarmherzigen Menschen her, dem Akademieplatz zu und besann mich umsonst auf einen Menschen in der großen Stadt, dessen Gutstehen für mich, mich hätte aus der schrecklichen Lage befreien können, da – o wer beschreibt mein Glück, meine Freude, meine grenzenlose Seligkeit! Rot vor Scham, hob ich beim Herannahen von Menschen den gesenkten Blick ein wenig, und wer war's, der daher kam, an der Seite eines dicken, heftig mit den Armen gestikulierenden Mannes? – Du, mein Theresle, mein vielgeliebtes Bräutlein, du kamst als rettender Engel laut lachend auf mich zu: »Ich hab' mir's gleich denkt« (im stillen nahm ich mir vor, dir als glücklicher Ehemann in unseren Musestunden Sprachunterricht zu erteilen), also du riefest: »Ich hab' mir's gleich denkt, Ihnen passiert was, und hab' dem Vater keine Ruh' gelassen, er hat mit her müssen.« Und ohne die geringste Verblüffung wandtest du dich an meinen Begleiter: »Was wollen Sie mit ihm, Herr Polizeidiener?« Der sagte: »Es handelt sich hier um eine Geschichte mit Kappen –«

Aber du lachtest laut auf und ließest ihn nicht ausreden, sondern nahmst deinem Vater den funkelnagelneuen Hut vom Haupte und setztest ihn mir auf, während du deinem Vater die tuchene Mütze aufstülptest. »So, sehn Se, Herr Polizeidiener, so g'hört sich's, das gestern Abend sind nur so ein paar Verwechslungen gewesen, wie's vorkommt bei Männern, die den Kopf verloren. Lebe Sie recht wohl«, sagtest du und nahmst meinen Arm, während dein Vater hinter uns herkam und immerfort lachte und rief: »Sie hat den Narre an Ihm g'fresse, sie hat den Narre an Ihm g'fresse!« Du aber, übermütiger Schalk, gestandest mir, du habest es wohl bemerkt, wie ich in der Zerstreutheit des Vaters Kappe aufgesetzt und beim Abschied auch noch die des Kutschers ergriffen habe, womit ich dir im Mondschein einen so schönen Diener gemacht, daß du vor Lachen nicht habest schlafen können. Ach wie gern hätte ich noch des längeren deiner holden Stimme gelauscht und deine beglückende Nähe empfunden, aber wir konnten nur noch bei S. Modl den Jenny Lind-Stoff einkaufen, dann war's Zeit für mich, zum Bären in der Karlfriedrichstraße zu eilen, wo der Omnibus schon zum Abfahren bereit stand. Du aber triebst deinen Vater in den Gasthof hinein, und als wir eben, du draußen auf dem Tritt, ich im Innern des Omnibusses, den ersten Kuß unseres Lebens wechselten, regnete es plötzlich einen Haufen Brötchen und Würste über mich her, eine Flasche Wein lag mir im Arm, und du riefest dem höchst verdutzt Dreinschauenden nach: »Ich hab' mir's denkt, Sie werden wieder nichts gegessen haben.«

Zum Schlusse setze ich hier das im Postwagen entstandene Gedicht an Jenny Lind hin, das im Karlsruher Beobachter einen ehrenvollen Platz einzunehmen gewürdigt worden ist:

Jenny Lind

Die goldne Zeit war längst geschieden
Wo noch ein segenvolles Band
Um Himmel sich und Erde wand,
Wo noch die Gunst der Uraniden
Den Sterblichen war zugewandt;
Ja, fast zur Sage war's geworden,

Daß über jenen Wolkenpforten
Die großen Götter noch, die alten,
In ihrem ew'gen Glanze walten.

Verödet standen die Altäre,
Verwittert war der Tempel Pracht,
Und kein Gebet hat kund gemacht,
Daß man die Götter noch verehre
Und preise ihre Huld und Macht:
Erloschen war der heil'ge Funken,
Und alles Göttliche versunken,
Und alles Himmlische entweiht
In niedriger Alltäglichkeit.

Da schuf der mächtige Kronide,
Dem Menschen wieder mild gesinnt,
Ein wunderbares Himmelskind,
Und schmückte mit der Gottheit Blüte
Die Himmelstochter – Jenny Lind;
Und alle Götter und Göttinnen
Wetteiferten mit reichen Händen,
Der Gaben schönste ihr zu spenden.

Und wieder ist der schöne Glaube
Ans Ew'ge, Schöne angefacht:
Schau', neu ersteht der Tempel Pracht,
Und alle Welt liegt in dem Staube
Und beugt sich vor der Götter Macht,
Und Millionen Gläub'ge wallen
Zu den geweihten Tempelhallen
Und hängen dort mit Herz und Sinn
Am Mund der Hohenpriesterin.

»Was meinst, Streicher«, sagte die alte Frau und faltete das Schriftstück zusammen, »hast du dich verändert, oder hast du dich nicht verändert?«

Er saß in Gedanken versunken da und sah auf seine runzligen Hände herab, die er, während die Frau das Gedicht las, gefaltet hatte.

»Wenn ich so bedenke«, hub er an und reckte langsam den Zeigefinger, »was ist ein Menschenleben, wie viele Betrachtungen –«

»Ich bitt' dich, Alter«, unterbrach sie ihn, »'s ist zehne vorbei, und sonst liegst du schon um neune im Bett.«

»Hm, ja«, meinte er und erhob sich, »allein, meine Liebe, was ich noch sagen wollte –«

»Ich weiß, ich weiß, daß er nichts davon erfahren darf –«

»Beileib' nicht, unter keiner Bedingung –«

Unter der Tür drehte er sich noch einmal um: »Du bist doch bis auf die heutige Stunde die leichtsinnige Unterländerin geblieben, Alte.«

»Ich wollt', ich könnt' das Gleiche von dir behaupten, denn dann tätst du's begreifen, daß die Jugend was anderes braucht, als das Alter, und hättest ein Einsehen, daß der Heinerle ebensogut wie du, in seinem Alter einen Ausbund von Vernünftigkeit abgeben kann.«

Der Herr Streicher kam noch einmal aus seiner Schlafstube heraus: »Mag er gehen, ich halt' ihn nicht, aber das sage ich dir, nicht in sämtliche Aufführungen, sondern nur in eine, und zwar in die letzte, denn ganz verrückt braucht er mir nicht zu werden.« –

Die kleine Frau lachte verstohlen auf, nahm die Lampe und verfügte sich damit hinüber zum Sohn, der schon im Bett lag und beim Eintritt der Mutter halb aus dem Schlafe fuhr. Sie stellte die Lampe auf den Tisch, zupfte die Kissen zurecht und sorgte sich um das Behagen des Dreißigjährigen, als läge er noch als kleines Kind im Bett.

»Nämlich«, flüsterte sie ihm ins Ohr, »nämlich, Bubele, ich kann nicht schlafen, bevor ich dir's gesagt – sei nur ruhig, du darfst – du darfst nach Karlsruh' –«

Da wurde er völlig wach! »Wahrhaftig, ja, Mutter, wie hast du denn das fertig gebracht?«

»Sei zufrieden mit dem, was du weißt – und noch eins – tu' das dem Vater nimmer an, daß du davonläufst, wenn er seine Öperle spielt, am End' kommt auch einmal eine Zeit und dein Sohn will nichts mehr von deiner Musik wissen –«

»Unmöglich, Mutter«, fuhr Heinrich auf, »dagegen sprechen tausend Gründe, die ich dir –«

»Herrgott«, lachte Frau Streicher auf, »du weißt, für Gründe hab' ich nie Zeit – schlaf' wohl, Bubele!«

Zwei Tage später verließ der junge Lehrer Streicher das kleine Landstädtchen Thiengen: der Vater sah ihm nach, um sich zu überzeugen, ob er nichts »Grünes« mitnahm, und Frau Streicher, die den Gatten durchschaute, meinte lachend:

»Er ist noch vernünftiger als du!«

Schon am folgenden Abend wandelte das Paar miteinander zur Bahn, still und in sich gekehrt, denn es sollte ihnen nur noch ein Tag des Zusammenseins mit dem Einzigen vergönnt sein. Wer aber nicht kam, war der Heinrich Streicher.

»Siehst du's, siehst du's nun, daß er deine leichtsinnige Natur hat«, polterte der Vater, »morgen ist Sonntag, übermorgen soll er in Konstanz eintreffen, da gibt's doch allerlei vorzubereiten, zu überlegen, ernsthaft zu beratschlagen, aber nein, das ist ihm alles eins, er macht's wie seine Frau Mutter, die das Zeiteinhalten auch immer auf die leichte Achsel genommen hat. Und der soll mein Ebenbild sein, der ich in meinem ganzen Leben nie habe auf mich warten lassen, denn welche Folterqualen ich damals in der Stephanienstraße ausgestanden, als ich meinte, meiner Pflicht fehlen zu müssen, von solchen Zuständen hast du gar keine Ahnung, und von der Geduld, die ich damals an den Tag legte, auch nicht.«

»Nein«, sagte Frau Streicher, »die hätt' ich ganz gewiß nicht angewendet, sondern ich hätte den Mantel ausgezogen und wär' auf diese Weise ganz bequem zum Schellenzug gelangt.«

Der alte Streicher blieb in höchster Verblüffung mitten auf der Straße stehen: »Alte«, rief er aus, »alleweil hast *du* recht! Es ist sogar ein ganz ähnlicher Fall wie mit dem Ei des Kolumbus, falls du dich dieser Geschichte erinnern solltest?«

»Nein«, sagte sie, »erzähl' sie mir doch«, denn sie war ihm für die Beschämung, die er erfahren, die kleine Genugtuung schuldig.

Höchst ärgerlich und üblen Humors saßen sie am andern Morgen beim Frühstück; wie hatten sie sich geängstigt vor diesem Tag, vor dem letzten Zusammensein mit dem Sohn und dem endlichen Abschied! Nun brachte sie der Ärger ganz prächtig über das Schmerzliche dieser Stimmung weg, und sie schalten miteinander um die Wette auf den Sohn, der den letzten Tag im elterlichen Hause zu versäumen imstande war.

Der Eintritt des Briefboten machte der Unzufriedenheit des alten Paares ein Ende; Frau Streicher schrie nach der Brille; der Alte wollte die seine holen, es zeigte sich, daß auch diese nicht mehr an ihrem

Platze war, und während er herum lief und suchte und jammerte, hatte die kleine Frau schon den Brief erbrochen:

»Schnell, schnell, Alter, siehst du nicht, daß ich mitsamt der Brille auf dich warte?«

Und sie zog drei fein beschriebene Bogen aus dem Umschlag.

»Da hast du sie, deine Ausführlichkeit«, triumphierte Frau Streicher, »ich für meine Person hab' nie mehr als drei Seiten auf einmal geschrieben, Gott sei Dank!« worauf sie zu lesen begann:

Karlsruhe, den 20. November 1895.

Liebe Eltern!

Werde ich wohl imstande sein, die Dinge, die ich erlebte, so zu schildern, daß Ihr mich ganz versteht und mein selbständiges Handeln nicht als ein unkindliches aufnehmt, sondern als ein durch die Umstände gebotenes? Ich bin früh genug in Karlsruhe angekommen, um die wirklich schöne mit dem Vorort Mühlburg nun 100 000 Einwohner zählende Residenz mit Muse besichtigen zu können.

Hinter der Stephanienstraße, von deren großen Stille du oft zu reden pflegtest, lieber Vater, hat sich ein wundervolles Villenviertel aufgetan mit kleinen Gärten und einem Platz, auf dem das Denkmal des Dichters Scheffel thront.

Hier war es, wo sich ein kleines wundernettes Kätzle zu mir gesellte, dessen unbeschreiblich bittender Blick mir so nah ging, daß ich es nicht über mich brachte, es von mir zu stoßen. Ich steckte es also in die Tasche und ging in mein Hotel zurück, Darmstädterhof, Kreuzstraße 2. Entschuldige, lieber Vater, ich konnte mich nämlich nicht im Gasthaus zum Mohren einlogieren, da es nur noch ein Wirtshaus für Fuhrleute ist. Ich trug das Kätzchen in mein Zimmer, gab ihm ein Schüsselchen Milch und ließ es ziemlich schweren Herzens auf meinem Bett zurück, wo es sich behaglich schnurrend zusammenrollte. Zu Eurer Beruhigung muß ich vorausgehen lassen, daß sich das Tierchen in jeder Hinsicht als ein durchaus wohlerzogenes erwies.

Als ich ins Theater gehen wollte, kam mir ein seltsam verwittertes altes Wesen entgegen, lächerlich gekleidet, mit einem Ausschnittlein am Hals und roten Schleifen am Hut; sie fuhr beständig mit ihrem Schirm nach rückwärts, dabei laute Drohungen ausstoßend, denn sie wurde von einer Rotte Buben verfolgt, die ihr »Rickele« nachriefen, »närrisch's, närrisch's Rickele!«

»Schämt euch«, wies ich die Kinder zurecht, »geht eurer Wege, denn was ihr tut ist schlecht.«

»Ich dank' Ihnen vielmals«, sagte die Person, »das wüscht', niederträchtig', verdammt' Bubenvolk bringt mich noch ins frühe Grab; wenn's eine Gerechtigkeit gäb auf der Welt, gehörten sie alle aufgehängt.«

»Das wär' ein wenig zu stark«, sagte ich, »aber wenn's Ihnen recht ist, begleite ich Sie.«

»Wo denken Sie hin«, schrie sie auf, »daß ich wieder ins Gered' komm', bin so so oft drin, denn die Karlsruher haben gar böse Zungen, kein junges Mädle lasse se in Ruh. Gehe Sie nur, gehe Sie, ich hab' mei Ehr zu wahren.«

Ich gab ihr ein Zwanzigpfennigstückchen, das die Arme hoch erfreute, und nahm mir von neuem vor, vor allen Dingen danach zu streben, Mitleid in die Herzen meiner Schüler zu pflanzen, Mitleid mit jeder lebenden Kreatur, und nichts strenger zu rügen und zu verdammen, als Hohn und Spott gegen geistig Arme oder körperlich Zurückgebliebene. Der Umstand, daß ich der armen Person nicht dreißig, statt zwanzig Pfennige gegeben, der Gedanke an das Kätzchen in meinem Bett, und die Angst vor meiner Hotelrechnung belastete mein Gemüt auf das dreifache und schmälerte etwas meine Freude, als ich endlich im Theater saß und das Vorspiel zur Götterdämmerung begann. Dann aber war alles ausgelöscht, und ich versank in einem Meer der wonnevollsten Töne. O lieber Vater, daß ich, deine Ansicht gegen die Wagnerische Musik kennend, nicht darf, wie ich möchte, nämlich die Herrlichkeit dieses oder jenes Momentes erwähnen, vor allem der Darstellerin der Brünhilde, die mich zu einer bis dahin nie gekannten Begeisterung hinriß! –

O du unvergleichliche, gottbegnadete Gesangskünstlerin, du Rührerin der Herzen, wie soll ich mich ausdrücken, um deinen so vollendeten Genius –

»Hör' auf oder ich lauf' davon«, rief der alte Streicher und machte Anstalten, sich die Ohren zuzuhalten.

Seine Frau brach in ein lustiges Gelächter aus: »'s war nur ein kleiner Schabernack, Alter, der Heinerle hat das gar nicht geschrieben, es sind deine Worte aus dem Jenny-Lind-Brief – das ist für dein bärbeißiges Gesicht, wie der Bub von seiner Musik anfing –«

»Na, so lies weiter«, brummte der Alte, »und laß mich zufrieden mit solchen Dummheiten.«

Sie nahm verstohlen lächelnd ihren Brief auf:

Mit der Darstellung der Brünhilde war meines Erachtens das Höchste in der Kunst erreicht, und so lang ich lebe, werde ich den Eindruck nicht vergessen, wie Gunther die gebrochene und besiegte Gestalt an seinen Hof bringt; wie groß war der Moment, als sie sich von Siegfried verraten sah und in Verzweiflung ausbrach – so groß, daß ich zu meinem Schrecken laut aufschluchzte. Und wie ich eben tief beschämt mir nicht zu helfen weiß, wendet sich plötzlich ein in Tränen gebadetes Antlitz nach mir um, das mir ohne Worte sagte: ich empfinde wie du.

Nämlich, lieber Vater, ich hatte mir erlaubt, einen Logenplatz im zweiten Rang zu nehmen, aus dem einfachen Grunde, weil ich zu wenig Schneid besitze, um mir auf Kosten anderer einen Sitz zu erobern. Übrigens hat es wohl im Buche des Schicksals gestanden, daß es so hat sein müssen, wie es ausgefallen ist, worüber Euch der weitere Inhalt meines Briefes aufklären wird.

Als in der Pause nach diesem unvergleichlichen Akt (nach welchem das Publikum unzähligemal: »Mailhac, Mailhac! gerufen hatte, so hieß die wunderbare Darstellerin der Brünhilde), sich die Logen geleert hatten, sah ich mich mit jener mitfühlenden Seele allein und groß war mein Wunsch, mich mit ihr ins Einvernehmen zu setzen. Es war nämlich ein Fräulein.

»Natürlich, da haben wir's«, platzte Frau Streicher heraus, »der dumm' Bub', der einfältig', ohne zu wissen, wer ihre Eltern sind, wer sie ist, und was sie hat, bändelt er da was an –«

»Aber meine Liebe«, unterbrach sie der Gatte, »ist es nicht ganz das Gleiche gewesen mit uns – erinnere dich doch –«

Sie las ungeduldig weiter:

Es war nämlich ein Fräulein. Aber was tun, wie die Unterhaltung beginnen? Ach, dachte ich, hätte ich nur eine Ader von meinem kecken Mütterle.

»Sickst«, lachte sie, »daß er nix von mir hat?«

Endlich nahm ich einen Anrann und setzte mich auf den leer gewordenen Platz neben sie, indem ich so tat, als wollte ich ins Theater hinunterschauen. »Die vielen Menschen«, sagte ich. Sie sah mich erstaunt an: »Das heißt, jetzt in der Pause ist's ja ganz leer.«

»Ja, das ist wahr«, gab ich zu, und die Unterhaltung war im Gang, indem wir uns sogleich in ein eifriges Gespräch über die so eben gehörte Musik vertieften, womit ich Euch, liebe Eltern, nicht belästigen will, da ihr diese Freude nicht daran hättet, wie wir sie empfanden, und alles um uns her vergaßen, uns die herrlichsten Stellen in Erinnerung rufend, so daß einmal sie summte und einmal ich summte; sie hatte nämlich den Klavierauszug auf ihren Knieen liegen, in dem wir eifrig studierten, bis das Vorspiel zum zweiten Akt uns aus unserer Versunkenheit riß. Ich schnellte auf und wollte, mich auf das dringlichste entschuldigend, auf meinen Platz zurück; da sagte der Herr, welcher ihn inne hatte: »Bitte, bleiben Sie nur, ich bin kein so arger Wagnerianer und trink' gern ein Glas Bier dazwischen.« Und nun dieser doppelte Genuß! Wir konnten uns ansehen bei all den Stellen, die uns entzückten, ja, wir stießen uns sogar manchmal an, und die Zwischenakte wurden uns zu Augenblicken des schönsten Austausches, in denen wir gegenseitig uns unser Inneres erschlossen. Ich erfuhr von meiner Nachbarin, daß sie in schönen, wohlhabenden Verhältnissen aufgewachsen sei, durch unglückliche Spekulationen hatte sich der Vater um alles gebracht und zuletzt aus Verzweiflung auch ums Leben; die Mutter war ihm bald nachgestorben, und das Kind fristete seither sein Leben mit Klavierstundengeben.

Ach, meine lieben Eltern, da war es auch schon in mir beschlossen: Die oder keine! Ja, auf meinen Händen will ich sie durchs Leben tragen, sobald sie einwilligt, mein geliebtes Weib zu werden –

»Aus Mitleid, aus bloßem dummen Mitleid«, alterierte sich die kleine Frau, »gewiß hat sie einen Kropf oder hinkt –«

»Kann man denn seinen Brief nicht mit Ruhe zu Ende hören?« mahnte der Gatte. Sie las:

Siegfrieds Tod! Unter den Klängen des Trauermarsches trugen sie den Recken langsam den Waldweg hinan – welch ein Bild! Welch eine Musik!

Tief erschüttert verließen wir das Theater, uns beeilend, mit unseren erregten Mienen der tageshellen Beleuchtung des elektrischen Lichtes zu entfliehen. Erst in dem trüben Licht der Gaslaternen wagten wir aufzublicken und unserer Begeisterung Luft zu machen. Ich sagte: »Ist man einer solchen Künstlerin gegenüber, wie die Darstellerin der Brünhilde eine ist, nicht in einer Art von Schuldverhältnis, so daß es angebracht wäre, ihr auf irgend eine Weise Dank zu sagen, dafür, daß sie unser Inneres erhoben und so zu sagen von den Schlacken der Alltäglichkeit gereinigt hat?« Sie antwortete: »Wie wär's, wenn wir ihr gemeinsam unsere Bewunderung ausdrückten, vielleicht in Gestalt eines Gedichtes und einiger Rosen; die letzteren übernehme ich, Sie das Gedicht.« – »Aber«, rief ich aus, »ich kann es nicht zugeben, daß Sie allein die Kosten tragen!« Sie lachte: »Ist es denn der Rede wert, was heutzutage ein paar Rosen kosten?«

Darauf ging ich voll Eifer auf ihren Vorschlag ein, erzählte ihr noch, bevor wir schieden, von dem kleinen Kätzchen, das ich gefunden, und das mich in meinem Hotel erwarte, und zu meiner Freude erfuhr ich, daß sie nicht nur ein begeisterungsfähiges, sondern auch ein mitleidiges Herz hat, denn sie erzählte mir, daß sie auch einen kleinen Kostgänger habe; das Kätzchen vom Bäcker Appenzeller komme alle Tage übers Dach zu ihr spaziert und teile das Abendbrot mit ihr.

Ich schied so rasch wie möglich von dem geliebten Mädchen, als wir vor ihrem Hause standen; was ich empfand, wollte ich ihr erst in abgeklärter Form, zugleich mit der Bitte um ihre Hand, zu einer geeigneteren Stunde aussprechen.

Allein wie erging es mir am anderen Morgen, welches war die Überraschung, die meiner wartete, als ich, mit dem Kätzlein in der Tasche, das ich ihr bringen wollte, mir plötzlich, auf der Straße angekommen, sagen mußte: »Ich weiß ja nicht, wie sie heißt, nicht einmal, wo sie wohnt!«

»Der Dummkopf!« rief der alte Streicher aus und schlug auf den Tisch.

Frau Streicher zupfte ihn am Ärmel: »Wie war's denn damals auf der Durlacher Allee? Hast du mich vielleicht nach *meinem* Namen gefragt? Wenn ich ihn dir nicht gesagt hätte, wüßtest du ihn heute noch nicht.«

»Das möchte ich denn doch bewiesen haben«, begehrte der alte Herr auf.

»Ach, sorgen wir uns nicht um uns, du hast die 'kriegt, die zu dir 'paßt hat, daß aber unser arm's Bubele an so eine Musikalische kommen muß, die gewiß keine Supp' kochen kann und kein Quintle vom Pfund unterscheidet –«

»Das ist das alte Maß, nach dem längst nicht mehr gemessen wird –«

»So ein Schulmeister ist doch 's Ärgst' auf der Welt!« fuhr die kleine Frau los und las wütend weiter.

Nun, meine lieben Eltern, irrte ich wie ein Verzweifelter in den Straßen der Residenz herum, nach jenem Hause spähend, das sich mit samt seiner Umgebung leider nur unklar meinem Gedächtnis eingeprägt hatte. Ach, und wie schön hatte ich mir das Wiedersehen mit dem geliebten Mädchen ausgemalt; es war Sonntag; sie hatte mir gesagt, daß sie an diesem Tage selten vormittags ausgehe, sondern für sich Musik treibe, da hatte ich sie überraschen wollen, und nun konnte ich sie nicht finden und mir auch nirgends Rats erholen, denn wie hätte ich meine Fragen stellen sollen, ohne den Schein der Lächerlichkeit auf mich zu laden? Der einzige Trost auf meinen fruchtlosen Wanderungen war mir das kleine Kätzchen in meiner Tasche, denn es tat so vertraut, schnurrte und spielte, streckte das Köpfchen heraus und war ganz unsinnig vor Freuden, wenn ich ihm meinen Finger überließ. Es war zwei Uhr vorüber, und ich hatte noch immer nicht zu Mittag gespeist, so daß ich anfing, sehr hungrig zu werden, und mich in ein Gasthaus verfügte. Hier aß ich Kalbsbraten und Kartoffelsalat und trank ein Viertelchen vom billigsten Wein, der gerade so sauer war, als unser schlechter daheim. Plötzlich, während ich das Tierchen fütterte, fiel mir ein: sie hat ja auch von einem Kätzchen gesprochen, und zwar von dem des Bäckers Appenzeller. Das war ein Anhaltspunkt! Schleunigst ließ ich mir ein Adreßbuch geben und schlug nach und siehe, ich fand nicht nur einen, sondern sogar zwei Bäcker Appenzeller; der eine wohnte Kaiserstraße 71, der andere Amalienstraße 27. Ich entschloß mich für den ersteren und hatte einen weiten Weg zu machen, fast bis ans Durlacher Tor. Ich fand den Laden, trat hinein und kaufte ein Brötchen; der Bäcker sah mich so eigentümlich an, daß ich nichts herausbrachte und schnell noch ein Brötchen kaufte. Auf einmal sagte der Mann: »Sie haben ja da e Katz im Sack!« Und siehe, wieder war das Tierchen mein rettender Engel! Vor lauter

Vergnügen nahm ich ein drittes Brötchen, indem ich zugleich an den Bäcker die Frage stellte: »Sie haben gewiß auch Katzen?« – »Nein«, sagte er, »ich kann se net ausstehe.« – »Aber«, wagte ich zu bemerken, »eine vielleicht doch, eine Kleine?« – »Kei Halbe«, schrie der Mann, »wenn ich's Ihne sag', ich hab'n Rattenfänger, der ließ gar kei Katz' aufkomme.«

So wußte ich es also und erkundigte mich draußen bei einem Dienstmann nach der Amalienstraße; sie war im entgegengesetzten Stadtteil, beinahe am Mühlburger Tor. Es war schon halb vier vorbei, als ich beim Bäcker Appenzeller, in der Amalienstraße, eintrat. Hier kaufte ich einen Gipfel, hatte es aber schwer, ihn unterzubringen, denn in der Tasche rechts saß das Kätzchen, und die links war bis oben mit Brötchen angefüllt. Ich sagte mir daher: »Diesmal mußt du dich schneller entschließen!« Ich hatte bereits in jeder Hand einen Gipfel, als glücklicherweise von der Kaserne her Blasinstrumente ertönten, worauf ich an die freundliche Frau im Laden die Bemerkung richtete: »Eine sehr musikalische Gegend, gewiß gibt es auch Klavierlehrer und Klavierlehrerinnen hier herum?« – »Ich weiß nur eine«, sagte die Frau Bäckermeisterin, »gerade um die Eck –« Ich stürmte hinaus, ich eilte um die Ecke, da, o Fügung des Himmels, was tönte mir entgegen? Der Trauermarsch aus der Götterdämmerung! Das Haus stand offen, der Gang war etwas düster, ich ging die Treppe hinauf, die Musik kam aus einer Mansarde, und ich stand lange vor der Türe und lauschte, bis ich endlich anzuklopfen wagte. Niemand sagte herein, und ich klopfte stärker; jetzt ertönte ihre Stimme: herein! und ich öffnete und stand drinnen. Sie spielte aber weiter, ohne den Kopf nach mir zu drehen, und ich weiß nicht, wo ich mit einemmal den Mut hernahm, aber ich saß plötzlich auf dem zweiten Stuhl am Klavier und griff in die Tasten, sie schrie ein wenig auf, rückte sofort auf die Seite, ich setzte ein, wo sie aufgehört, und durch die niedrige Dachkammer brauste Wagners gewaltiger Trauermarsch. Ach meine lieben Eltern, sie spielt tausendmal besser als ich, es läßt sich nicht ausdrücken, wie mir zu Mute war! Denkt Euch eine ziemlich geräumige Mansarde, abgeteilt durch einen geblumten Vorhang, hinter dem sie schläft. Zunächst am Fenster steht das Pianino, daneben ein Kanapee mit einem Tisch davor. An den Wänden hängen schöne Ölgemälde, wertvolle Kupferstiche und Radierungen, dicht nebeneinander, wie denn überhaupt die ganze Mansarde vollgestopft ist von schönen Sachen, daß man bei jedem Schritt Gefahr läuft, irgend etwas umzustoßen oder kaput zu machen. Aber glaubt nicht, daß ich das alles gleich auf den ersten Augenblick gesehen habe! O nein, ich sah so viel wie gar nichts und war auch, nachdem wir den Trauermarsch zu Ende gespielt hatten, außer stande, von dem Vorhaben zu sprechen, das mich hergeführt hatte, um so weniger, als sie sich so ganz anders zeigte, als am Abend zuvor, nämlich sehr zurückhaltend und förmlich, so daß ich sehr betroffen war und sagte: »Es wird wohl Zeit sein, daß ich gehe?« worauf sie erwiderte: »Ich kann Sie nicht halten, ich bin eingeladen.« An der Türe deutete sie auf die beiden Gipfel, die ich auf die Kommode gelegt hatte; »Sie haben da etwas liegen lassen.« – »Ach ja«, sagte ich, »und außerdem habe ich ganz vergessen, weshalb ich eigentlich gekommen bin, nämlich –« und ich zog das schlafende Kätzchen aus der Tasche, »ich wollte mir erlauben, Ihnen dieses arme heimatlose Tierchen zu bringen.« Sie nahm's gleich auf den Arm und streichelte es. »Nun will ich aber wirklich nicht mehr stören«, sagte ich und öffnete die Türe: »Die Gipfel, die Gipfel!« rief Sie mir nach. Ich blieb an allen Gliedern zitternd stehen: »Und noch etwas anderes ist mir abhanden gekommen, nämlich mein Herz – o mein Fräulein –« – »Aber mein Herr«, sagte sie und wich zurück, »wer sind Sie denn?« Ich erschrak, denn das hätte ich ihr natürlich zuerst sagen sollen, ich holte es schleunigst nach, erzählte ihr, daß ich bisher in Thiengen Lehrer gewesen und nun in Konstanz angestellt sei, und mir alles daran läge, sie vor meiner Abreise noch einmal sprechen zu dürfen. »Ich will Ihnen einen Vorschlag machen«, antwortete sie, »trinken Sie den Kaffee bei mir und lernen wir uns dabei ein wenig kennen.« »Aber Sie sind ja eingeladen!« – »Ich bringe die Sonntagnachmittage bei einer befreundeten Familie zu, aber es schadet nichts, wenn ich einmal ausbleibe; nur bin ich nicht mit Brötchen versehen.« – »Damit kann ich dienen«, rief ich aus und entledigte meine Taschen ihres Vorrats, indem ich erzählte, auf welche Weise ich zu diesem Überfluß von Brot gekommen sei, und was ich alles ausgestanden, bis ich sie gefunden. Sie lachte auf das herzlichste, bereitete auf ihrem Maschinchen einen Kaffee, wie ich nie einen getrunken –

»Du lieber Gott, natürlich«, fuhr Frau Streicher auf, »ein Verliebter trinkt auch Bratenbrüh' für Kaffee –«

Und dann beim Lampenschein lernten wir uns kennen. Sie sagte mir, daß sie schon am Abend vorher nicht habe begreifen können, daß ich mich ihr nicht vorgestellt habe. Gänzlich habe sie mein Betragen bei meinem Kommen befremdet; sie habe geglaubt, es klopfe ein Schüler oder eine Schülerin, um ihr die Stunde abzusagen, und darum habe sie nicht gleich den Eintretenden beachtet. Groß aber sei ihr Schrecken gewesen, als ich plötzlich in meiner ganzen Länge auf sie zugestürzt sei und ohne weiteres mit ihr zu spielen angefangen habe. Und sie gestand mir, daß sie nur aus Todesangst, ich sei nicht ganz bei Trost, auf mein Vorhaben eingegangen sei und den Trauermarsch mit mir zu Ende gespielt habe. Dann aber habe sie der Blick meiner Augen über meinen Geisteszustand beruhigt und mein weiteres Gebaren habe sie schließen lassen, daß ich weiter nichts, als ein unpraktischer Mensch sein müsse.

»Ja, mein liebes Fräulein«, sagte ich, »das ist der Streichersche Erbfehler, *unser* Leitmotiv, an das sich eine ganze Perlenschnur von Mißgeschicken reiht. Wenn mir der liebe Gott eine teure Lebensgefährtin schenken möchte, so würde ich folgendermaßen zu ihr sprechen: ›Unterstütze mich nicht in dieser Schwäche, so wie meine teure Mutter es meinem teuren Vater gegenüber getan hat‹ –

»Oho! riefen die beiden Alten aus und rückten näher zusammen –

›sondern bekämpfe sie, indem du mir nicht die Hindernisse aus dem Weg räumst, sondern mich anstachelst, ihrer Herr zu werden. Denn das schönste Verhältnis in der Ehe ist dasjenige, daß jeder sein Selbst zu bewahren wisse – ich meine, nicht in Abhängigkeit und Unfreiheit gerate dadurch, daß er den anderen für eine Schwäche aufkommen lasse.‹ – Das ungefähr wäre die Rede, die ich im gegebenen Falle an meine Zukünftige halten würde, schloß ich, worauf das teure Mädchen erwiderte: »Auch ich hätte meine Bedingungen zu stellen, falls ich mich mit meinen achtundzwanzig Jahren noch zum Heiraten entschließen sollte; die Erfahrungen, die ich hinter mir habe, der Kampf, den ich zu kämpfen hatte, bis ich mir eine Existenz geschaffen, das alles hat mich reif, alt und vielleicht auch etwas zu selbständig gemacht; ich vermag die Musik, für die ich bisher lebte, nicht plötzlich an den Nagel zu hängen und ein Hausfrauendasein zu führen, ich könnte mich überhaupt nur unter der Bedingung entschließen, einem Manne als Gattin zu folgen, wenn es mir erlaubt wäre, die fehlende Mitgift durch den Erlös meiner Stunden zu ersetzen. Ich verdiene über zwölfhundert Mark im Jahr –«

»Potz tausend«, rief der alte Streicher aus, »das sind ja die Zinsen von einem Vermögen von beinahe –«

»Ich bitt' dich«, eiferte sich Frau Streicher, »wenn ich dir den ganzen Tag so vorgeklimpert hätte –«

»Hm, für zwölfhundert Mark hätt' ich 's schon ausgehalten, aber so lies doch, sind sie denn einig, sind sie denn mit ihren Bedingungen ins reine gekommen?«

Frau Streicher hatte ein ganz erhitztes Köpfchen, als sie den letzten Briefbogen in die Hand nahm:

In dieser Stunde, meine lieben Eltern, fanden sich unsere Seelen zum ewigen Bund, und nun hab' ich keinen heißeren Wunsch, als daß Ihr sie kennen lernt; sie wird Euch übrigens selbst schreiben, Ihr aber müßt sie so bald als möglich einladen –

»Ja, wie denn, wenn ich nichts anderes von ihr weiß, als daß sie in Karlsruh', um die Eck' wohnt!« rief Frau Streicher aus, »es wird doch hoffentlich noch irgendwo ihr Name stehen?«

»Ich bin überzeugt, er weiß ihn selber nicht«, sagte Herr Streicher, »es ist das ganz deine Ungenauigkeit, dein Leichtsinn –«

»Fehlgeschossen«, rief sie aus, »o Alter, wenn ich auch deine Wilhelme und Friedrich Wilhelme auf dem deutschen Thron untereinander werf', bei den Leuten, die mich was angehen, weiß ich Bescheid, wie in meiner Tasch'! Die Schwiegertochter, die gefällt mir gar nicht, aber er soll sie haben, nichts Dümmeres auf der Welt, als obstinate Eltern; und mögen sie auch vollkommener sein als wir und unsere Fehler nicht begehen, dafür machen sie andere, die vielleicht noch viel ärger sind, und darum sag, was du willst, ich lass' die zwei nicht allein in Konstanz sitzen! Den ganzen Tag von morgens bis abends Wagnermusik und vielleicht einen Wurstzipfel und sonst nichts! So laß ich mein Kind nicht verkommen, wenn 's denn schon eine Musikantin sein muß, so soll sie wenigstens das, was eine tüchtige Hausfrau ist, an ihrer Frau Schwiegermutter kennen lernen –« – »Amen«, sagte Herr Streicher.

Und wenn Ihr sie erst gesehen habt, las sie weiter, so werdet Ihr auch mein dankbares Erstaunen begreifen, daß der Himmel mich für würdig gehalten, einen solchen Engel heimzuführen –

Dem alten Streicher liefen die Tränen über die Wangen:
»Wahrhaftig, ja wahrhaftig«, murmelte er.
Seine Frau sah ihn lächelnd an:
»Du hast damals auch nicht begreifen können, wie du zu *deinem* Engel kamst, Alter, aber mit der Zeit hast du dich ganz gut daran gewöhnt.«
Und sie las, ohne die Gegenbemerkung abzuwarten, die er auf den Lippen hatte:

Ich brachte alsdann die halbe Nacht damit zu, an Euch zu schreiben, liebe Eltern, und das Gedicht an die Darstellerin der Brünhilde zu verfertigen, das ihr meine Braut morgen mit ein paar Rosen überreichen wird. Ihr aber sollt es hier zum Schlusse des Briefes zugleich mit der Versicherung erhalten, daß Euer Heinerle als der Glücklichste der Sterblichen morgen die Residenz verlassen und in Konstanz sein Amt antreten wird. –

Pauline Mailhac!

»Heil dir, Brünhild', heil dir, Sonne –
Leuchtende Sonne neuen Tages,
Den du wecktest in den Herzen
Durch des Sanges heilige Macht.«

»Potz tausend, ist das alles!« rief Frau Streicher aus und machte ein ganz enttäuschtes Gesicht, »ei du lieber Herrgott, das ist ja ganz anders, als deine ellenlange Jenny-Lind-Epistel, das hätt' ja *ich* nicht kürzer und bündiger machen können!«
Der alte Streicher klopfte ihr lächelnd die Wange: »Er gehört uns eben beiden.«

Ums tägliche Brot

Der Gottesdienst war zu Ende, die Leute traten aus dem Kirchlein inmitten seiner schattenspendenden Linden, zu deren Füßen der kleine Friedhof im heitersten Blumenschmuck prangte. Einige Weiber wandten sich den Gräbern zu, während die Mehrzahl der Kirchgänger über den Platz eilte, am Rathaus und etlichen Häusern vorbei, der Landstraße zu, an der sich, halb im Grünen versteckt, die dunkelgebräunten, tiefdachigen Bauernhöfe hinzogen. Rechts und links von den im saftigsten Grün prangenden Wiesen bauten sich die Berge auf, die sich in schönen Wellenlinien unterhalb des Tales zu vereinigen schienen. Doppelt heiter wirkten unter diesem fröhlichen Himmel die rotgefütterten Samtröcke der Bauern und die bauschigen Hemdärmel der Frauen und Mädel, die ihre weißbestrumpften Füße so zierlich zu setzen verstanden. Hoch wirbelten sie den Staub der Landstraße auf; ein altes Mütterchen, das hinter ihnen ging, bekam ihn in die Augen, so daß es zu blinzeln anhub und stille stand. Ein paar rasch des Wegs kommende Bursche rannten die Alte fast gar über den Haufen.

»Oho«, schrie einer, »Mutter Lene« – und hielt sie am Arme fest.

Sie kicherte: »Jo, jo, mit Achtzig, da steht man nimmer wie ein Fels, aber mit dem Laufen, Gott sei Dank, da geht's noch hurtig.«

Sie trippelte davon, rechts in den schmalen Wiesenpfad hinein, der zu dem Steg führte, über die lustig dahinfließende Gutach.

Das Mütterchen in seiner schwarzen, mit einer breiten Spitze besetzten Haube blieb plötzlich stehen und sah ins Gras, als ob es ihr die blauen Vergißmeinnicht, die da am Ufer des Wassers aus dem Gras lugten, angetan hätten.

»An was mahnen mich jetzt auch die Blümle?« sprach sie leise vor sich hin.

Sie bückte sich, brach ein paar Vergißmeinnicht ab, schaute sie einen Augenblick wie weltverloren an und steckte sie dann mit einem zerstreuten Kopfschütteln vornen ins Brusttuch. Hierauf fing sie wieder an zu rennen, denn sie hatte es sehr eilig. Da hinten im Tal wohnten ihre beiden Kameradinnen, die letzten, mit denen sie jung gewesen war; hinfällig und bettlägerig warteten sie mit Schmerzen auf den Sonntagsgast, der ihnen für ein paar Stunden die Zeit vertreiben sollte. Dafür bekam sie das Mittagessen und einen Kaffee, und darauf freute sich die alte Pfründnerin die ganze Woche. Freilich umsonst flogen ihr die guten Dinge nicht in den Mund; die Vordereck-Bäuerin war fromm und wollte die Predigt erzählt haben, und Mutter Lene passierte es seit Jahr und Tag, daß sie in der Kirchenbank allemal ihr bestes Schläfle machte, sobald der Herr Pfarrer oben auf der Kanzel mit seiner Rede begann. Sie mußte sich also ihre Predigt selbst erfinden, denn wenn sie es der Kameradin gestanden hätte, welche Schwäche sie allsonntäglich heimzusuchen pflegte, so wäre die Vordereckerin leicht im stand gewesen, sich einen andern Sonntagsbesuch anzuschaffen und sie, Mutter Lene, hätte ihr gutes Mittagessen gesehen. Die Hintereck-Bäuerin aber, die hatte wieder eine andre Passion, die wollte was erzählt haben, und zwar einen rechten Skandal, je ärger je lieber, das vertrieb ihr die Zeit am besten. Und so hatte denn die alte Pfründnerin die Woche über genug zu tun, um ihren beiden Kundinnen gerecht zu werden, die mit ihrem Tadel nicht hinter dem Berg hielten.

So schlimm aber wie heute war es der Alten auf ihrem Besuchsweg noch nie zu Mute gewesen. Sie hatte sich abgemartert die ganze Woche – kein Gedanke, keine Idee, nicht die Spur eines Einfalls – die Quelle war wie versiegt; der alte Kopf wollte nichts mehr hergeben. –

Sie war jetzt da hinten angekommen, wo der Weg zwischen dichten Reihen von Obstbäumen zu dem stattlichen Hof des Vordereckers führte. Der Rauch stieg aus dem Schornstein, und Mutter Lene legte unwillkürlich die Hand aufs Herz, denn es roch schon auf zehn Schritte Entfernung so schön nach Sauerkraut. Mit einem Blick voll Hochachtung schritt sie an dem Haus vorbei, durch den kleinen Blumen- und Gemüsegarten mit seinen hohen Sonnenblumen, in denen die Bienen summten. Am Ende des Gärtchens, im dichten Gebüsch der Haselnuß- und Holunderstauden, lag der Ausgeding der alten Vordereckerin. Ein paar Stufen führten auf den schmalen Vorplatz, von da ging's gleich in die Stube, an deren Türe Mutter Lene mit großer Bescheidenheit anklopfte.

»Herein!« rief eine weinerliche Stimme.

»No, wie geht's denn?« fragte die Alte, indem sie eintrat.

»Wie wird's gehen«, jammerte die Bäuerin hinter ihrem rot und weiß karierten Federbett hervor, »schlecht, schlecht, nit zum leben und nit zum sterben, und da lieg ich und wart' und wart', und du kommst wieder so spät, hast in all' den Jahren nit einmal lernen können auch ein wenig pünktlich zu sein; 's ist ein Jammer! 's ist ein Jammer!«

»Aber Resele, was tust mir auch unrecht«, verteidigte sich Mutter Lene, »schau, ich bin so gelaufen, daß mir's den Atem verschlagen hat.«

»Ja, ja«, unterbrach sie die Kranke, »immer haltst mir dein Laufen vor, daß ich's doppelt empfinden muß, da zu liegen und mich nit rühren zu können, wo ich doch noch dazu so viel jünger bin, als wie du.«

»Ja freilich«, gab die Lene zu, »so gar viel jünger, ein ganzes Jährle macht's aus, was könntest du noch 's Leben g'nießen, Resele, wenn die bös Krankheit nit wär'.« –

Die Bäuerin streckte ihren hagern Arm aus: »Dort, nimm 's Tüchle aus der Lad' und wisch' mir schön ab – mich besorgt ja niemand recht mit so einer Schwiegertochter; die ganz' Woch' seh' ich sie nit und ihre Maidle auch nit, gottlob! Sie sind gerad so wunderfitzig wie ihre Mutter und wollen mir nur immer an mein Sach; der Sohn kommt manchmal, aber da hockt er und schwätzt kein Wörtle; die Langweil', die Langweil', die ich aussteh'; wenn man dran sterben könnt', ich wär' schon lang tot. Gelt, Lene, davon weißt du auch wieder nix, wie die Langweil' eins martern kann?«

Die Alte trippelte herbei: »Was denkst auch, zu so was hat unsereins keine Zeit, das ist für die reichen Leut', ja, die haben's gut; wir im Armenhaus, da gibt's halt so viel, so viel, und dann die Kopfarbeit, die ich immer hab', ja, das ist 's ärgst', die Kopfarbeit wegerm Ern'stin.« –

Die Bäuerin schlug mit den Händen auf ihr Bett: »Ich sollt' nur einmal aufstehen können, ich wollt's im Ern'stin sagen! Hast du denn nie den Mut, Lene, endlich einmal aufzubegehren: Ern'stin, ich tu's nimmer – 's ist eine Sünd' vor Gott, ich laß mich nimmer drauf ein.«

Die Alte seufzte: »Ich hab' nie nit so mit den Leuten reden können, wie du, Resele, so eine arme Schneiderswitwe, wie ich eine bin.« –

»Ja, das war mir immer ein Rätsel, wie hast nur auch den buckligen Schneider nehmen können?«

»Freilich, schön's war's nix, aber was kann man denn für zwanzig Gulden Besseres verlangen? Und doch, bei aller Plag' und mitsamt seinem Bückele, ich hätt' ihn gern noch am Leben, denn er hat gar so ein freundlichs Wesen an sich gehabt.«

»Ja, das ist immer deine strafwürdige Neigung gewesen, überall die gut' Seit' rauszufinden, und 's hat doch bei Gott 's wenigst' auf der Welt eine gute Seit'; nimm nur 's Ern'stin mit seinen bösen Gelüsten, immer nur wüste Geschichten hören zu wollen.«

»Du hast schon recht, Resele«, gab die Lene zu, »aber weißt, was die Frau aussteht mit ihrer Famill', das ist nit zum sagen; sie hängen halt alle so an der Großmutter, und jedes kommt und klagt ihr sein Leid und will Geld oder einen Rat, und sie möcht' halt alleweil helfen können und sitzt da und simuliert und kann dem Elend nit absehen. Da hab' ich ihr halt einmal, 's reut mich noch heut, von einem kleinen Skandal erzählt, der passiert war, und damals hat sie's verschmeckt und zu mir gesagt: Schau, Lenele, das hat mich jetzt unterhalten, da hab' ich mich ein bißle drüber vergessen, so mußt mir alle Sonntag was verzählen – und hat mir ein Gläsle von ihrem guten Kirschwasser eingeschenkt. Ich trink's gar gern, und da hab' ich halt 's nächst'mal wieder so ein G'schichtle 'bracht, und so ist's fort'gangen und 's hat mir ordentlich ein Ansehen beim Ern'stin 'geben, wie ich's früher nit gehabt hab'. Aber leicht war's nit, das kann ich dir sagen, denn wenn ich noch so 'rumg'stöbert hab' nach bösen Geschichten, so viele passieren denn doch nit, daß ich auf Jahr und Tag alle Sonntäg hätt' können dem Ern'stin mit einem Skandal oder einer Schauergeschicht' aufwarten. Und da hab' ich mich halt müssen ans Erfinden machen, und zuletzt war sie so verwöhnt, daß wenn's ihr nit grausig genug gewesen ist, da hab' ich kein Schnäpsle 'kriegt. Heut aber bin ich auf die Neige 'kommen, nit um die Welt ist mir was eingefallen, denn du glaubst nit, wie heikel sie ist, gleich riecht sie den Braten, wenn ich ihr was Alt's ein bißle 'rausputzen möcht'. Ich bin am Brunnen gestanden und hab' den Maidle zugehört; in der Linde, wie sie 'tanzt haben, hab' ich an der Tür' gelauscht; im Armenhaus, kein's hat einen Brief 'kriegt, in den ich nit 'neingeschaut hätt' – endlich hab' ich zum Hans-Joseph gesagt, der so ein düstres Aug' hat: ich flick' Euch Euern alten Kittel wieder zusammen, wenn Ihr mir 's Allerärgst' aus Euerm Leben verzählen tut. 's Allerärgst', hat er gesagt, da brauch' ich mich nit lang zu besinnen, das ist mir noch ganz klar, obwohl's über vierzig Jahr' her sind – wie selbigsmal so ein Hallunk von einem Quacksalber mir mit Teufelsgewalt einen gesunden Zahn 'rausgezogen hat, und den kranken hat er sitzen lassen – was Ärgers ist mir nach der Geschicht' nimmer passiert. – O Jesesle, mit so was darf ich im Ern'stin schon lang nimmer kommen, aber da sieht man erst im Leben, wenn man so auf die Suche geht, wie viel Anständigkeit es doch auf der Welt gibt, und man sollt's nit glauben, daß so eine brave Frau wie 's Ern'stin, lieber von Schlechtigkeiten hören mag.«

»Ja, aber du hast die Hauptschuld«, sagte die Bäuerin, »denn du hast angefangen; wenn du halbwegs ein bißle Karekter hättst, so tätst den Stiel umkehren und 's Ern'stin wieder an anständige Geschichten gewöhnen.«

»Das wird schwer halten«, seufzte Mutter Lene.

»Wenn man noch so rennen kann«, fuhr die Bäuerin auf, »so hat man die heilig' Verpflichtung, 's Gute zu verbreiten und nit 's Schlechte; das merk' dir und bring's noch in Ordnung, bevor dich unser Herrgott ins Jenseits abruft. Oder denkst du denn nie an deine Todesstund?«

»Ich könnt's nit gerad loben«, sagte Mutter Lene, »wo soll ich auch die Zeit hernehmen? Da packen sie mir immer alle ihre Kinder auf, wenn sie aufs Feld gehen, und das ist eine Aufgab', denn wenn mir was einfällt, so muß ich's still um mich haben, weil ich's dann immer zwanzigmal vor mich hinsagen muß, daß ich's nit vergeß. – Und wenn ich dann in die Händ' schlag' und ruf: still, still, 's fällt mir was ein! – so gibt's freilich eine Weil' Ruh'; aber dann über einmal macht mich das los' Völkle nach und tanzt um mich herum und lacht mich aus, und zuletzt lach' ich halt selber mit.«

»Lach' du nur, ja, lach' du nur!« schalt die Bäuerin aus ihrem Bett, »aber eines Tages wirst es schon bleiben lassen, wenn sich in deiner letzten Stund' deine bösen Geschichten an dir rächen tun.«

»Ach Gott!« – Mutter Lene wurde ganz klein vor Zerknirschung, »ich hab' ja selber keine Freud' dran, Resele, ich tu's ja nur ums täglich' Brot; wenn ich den Sonntag nit hätt' mit dem guten Essen, ich wär' gewiß schon lang nimmer auf der Welt, und das Schnäpsle allemal, das wärmt mir so gut den Magen.« –

»Das ist keine Entschuldigung«, sagte die Bäuerin, »bild' dir nur so was nit ein, daß eins sündigen dürft nach Gutdünken, gesund bis zuletzt und dann nur grad so 'neinspazieren in die Ewigkeit.« –

»He nein!« verteidigte sich Mutter Lene, »für so unbescheiden wirst mich doch nit halten; wenn's halt einmal ans Sterben gehen sollt'« –

»Aber nit vor mir, das bitt' ich mir aus«, unterbrach sie die Kameradin, »ich brauch' dich noch so lang ich leb', denn meine Predigt alle Sonntag, das ist ja noch 's einzig, was ich hab'.« –

Mutter Lene lächelte: »Wenn man so gesund ist wie ich, da hat's keine Gefahr, Resele, daß ich vorher geh' – aber freilich, was hab' ich denn noch auf der Welt, wenn du nimmer da bist« –

»Geh, sei still, 's ist dir doch nur wegen dem Mittagessen«, fiel ihr die Bäuerin in die Rede, »da kommt's gerad'.« –

Die Türe ging auf, und die Magd brachte auf einem Brett das Essen der Bäuerin. Mutter Lene richtete sie im Bett auf und das Essen wurde vor die Kranke hingestellt. Sie nahm einen Löffel und rührte in allem herum:

»Die Supp' hat wieder Fettaugen, die Nudeln dürften feiner sein – 's Rindfleisch ist wieder hart wie Schuhleder und 's Sauerkraut hat wie allemal nit lang genug gekocht. – Ja, das war anders bei mir – das war anders bei mir. – So, jetzt fang' deine Predigt an und mach's recht erbaulich, das bitt' ich mir aus, Lene.« –

Diese sog mit angehaltenem Atem den Geruch all' der herrlichen Speisen ein, die die reiche Bäuerin so mürrisch tadelte und wie jedesmal bemächtigte sich ihrer eine namenlose Angst, die kranke Frau möchte plötzlich von einem guten Appetit heimgesucht werden und sämtliche Töpfe leer essen. Sie sah ihr zu, wie sie sich mit ihrer langen, hageren Nase über die Mahlzeit beugte und dann und wann den Löffel oder die Gabel zu dem kleinen, völlig eingesunkenen Munde führte. Das Gesicht der Lene war noch faltenreicher und verschrumpfter, viel mehr von Not und Entbehrung gezeichnet als das der Bäuerin, aber noch heute verriet der Mund der Achtzigjährigen, trotz der unzähligen Fältlein, die ihn umgaben, daß er Zeit seines Lebens der Verkünder einer heitern Gemütsart gewesen.

Und Mutter Lene, die Augen auf das Essen gerichtet, die Hände gefaltet, begann ihre Predigt:

»Unser heutiges Evangelium lehrt: wer bestraft des Reichen Übermut – wer –«

»Schon wieder?« begehrte die Bäuerin auf, »weiß denn der Herr Pfarrer nix andres als immer wieder über die reichen Leut' herzufallen?«

»'s gibt halt so gar viel reiche Bauern zu Gutach«, meinte die Lene, »da drauf wird er anspielen, wenn er sagt: Die Reichen tun ihre Seelen mit Fressen und Saufen und Üppigkeiten beschweren, und die armen Schlucker mit ihren langen Mägen stehen vor der Tür, wie der Lazarus, der nachher in Abrahams Schoß ein schönes Ende genommen. Schrecklich aber ist das Sterben, wenn einer in Purpur gegangen und in Freuden gelebt und keinem was 'gunnt hat. Nach dem Tode gibt's keine Buße, aber mit jedem Stückle, das der Reiche hienieden wegschenkt, kommt er eine Sproß weiter hinauf an der Himmelsleiter, die bis zum Gottvater reicht. Ober allem aber wird verdammt der Geiz, o meine christliche Gemeinde, da hilft alles nix, zu unterst in die Höll' kommt er, der Geizkragen, für jedes Brösele, das er seinem geliebten Nebenmenschen abgezwackt hat, geht's ihm an den Kragen, und er wird niemals Gott anschauen auf seinem himmlischen Gnadenthron. Wer aber die Hand offen hat, der sitzt zur Rechten des Herrn Jesu Christi und darf ihn preisen ewiglich –«

»Amen«, sagte die Bäuerin mit bittersüßer Miene, »so gar nix wie die Predigten allweil wert sind; ich kann dir kein gut's Zeugnis geben, Lene, aber 's Essen kannst in Gottesnamen nehmen, denn ich gehör' nit zu denen, die andern Leut' nit auch was gunnen.«

Mutter Lene hatte sich gleich ans Werk gemacht, indes so gut hatte sie's nicht, daß sie ihre Mahlzeit unbehelligt von den Blicken der Bäuerin hätte zu sich nehmen dürfen; diese sorgte dafür, daß es der armen Pfründnerin nicht allzuwohl ward.

»Ja, ja«, jammerte sie, »so ungleich ist's verteilt in der Welt, jetzt muß ich im Bett liegen und kein Essen schmeckt mir und kein Tröpfle Wein, und die einfältig Person schlingt alles 'runter wie ein Drescher und laufen kann sie auch wie ein Wiesel. Hat's wirklich in der Predigt geheißen, der Geiz sitzt zu unterst in der Höll', oder hast mir was vorgelogen?«

»Zu allerunterst, zu allerunterst«, nickte Mutter Lene, von ihren Töpfen aufblickend und aß darauf los, so schnell sie konnte, denn sie wußte aus Erfahrung, daß der Bäuerin Gewissensbisse nie lange anzuhalten pflegten. So rief sie auch heute: »Gleich stellst mir 's Kraut und den Speck auf den Abend zurück, ich könnt' noch Gelüsten kriegen.«

»Eh, das ist mir jetzt auch leid!« alterierte sich Mutter Lene, »jetzt hab' ich aus Versehen gerad diesmal mit dem Kraut angefangen, und 's Fleisch ist auch schon weg. Jetzt nimm mir's nur nit übel, daß ich so vorschnell war; ich bitt' tausendmal ab!«

»Hm«, brummte die Bäuerin hinter ihrer Bettdecke hervor, »so ein interessiert's Frauenzimmer, wie du aber auch eins bist! Ich tät' mich schämen!«

»Hast freilich recht, Resele«, seufzte die Gescholtene, »aber weißt, wann ich so drinsitzen tät' wie du, wär's gewiß auch nit so arg. Auf meinem Spitalsüpple sind nie Fettaugen, und Kraut und Speck tät' ich nie sehen ohne deine Güte. Kann ich dir sonst noch was tun, Resele, so bleib' ich gern noch ein halbes Stündle da.«

»Nein!« kam's knurrend aus dem Bett, »du schwätzt mir zu viel; geh, geh, sonst wird mir's völlig übel.«

»Dann vergelt's Gott«, sagte Mutter Lene und trippelte nach der Türe; kaum hatte sie diese hinter sich geschlossen, als die Bäuerin wie am Messer schrie: »Lene! Lene!« Diese kehrte schleunigst zurück: »Daß du mir nur nit vergißt, und wieder so spät kommst am nächsten Sonntag; was hab' ich denn sonst auf der Welt als das bißle Unterhaltung; und 's wär' eine Niedertracht sondergleichen, wenn du mir das auch noch verkürzen tätst!« –

»Jeses, ich komm' ja«, versicherte Lene, »hab' keine Angst, ich laß dich gewiß nit im Stich, Resele!«

»Ist noch gut ab'gangen«, meinte sie unterwegs, als sie den schmalen Pfad zwischen Gärten und Wiesen entlang eilte, zur Mühle, deren Rad jetzt ruhte.

's Ern'stin lag nicht zu Bett; ihr Leiden, die Wassersucht, erlaubte der Armen das Liegen nicht; sie saß noch ziemlich aufrecht in ihrem ledernen Lehnstuhl, eine starke Frau mit einem energisch geschnittenen Gesicht.

»Nun hat sie dir wieder dein bißle Essen recht vergunnt?« empfing sie die Jugendkamerädin, die sofort bereitwillig auf das Thema einging und erzählte, wie arg sie's wieder habe mit der Predigt machen müssen, um ihr bißle Mittagessen herauszuschinden.

»Ja, ja«, nickte die Ern'stin, »so ist's immer gewesen, 's Resele, und drum ist's jetzt auch allein, denn mit dem Geiz hält man niemand fest, nit einmal die eigenen Angehörigen.«

»Ja, und die Langweil', die's alleweil aussteht, das ist ihr ewig's Lamento.«

»Die bringt mich nit um, aber die Famill'«, seufzte die Ern'stin. »Nimm nur, der Soldat, meiner Jüngsten ihr Bub – er ist mir alleweil an der Schürz' gegangen, wie er noch klein war – kommt der heut' in aller Gottesfrüh' aus Freiburg an, ihm hätt's geträumt, ich sei gestorben, und hat keinen Urlaub, und ist gerad nur auf und davon. Sein Vater ist gleich mit ihm zurückgefahren, und nun, was geschieht? Wird's nit am End' eine große Straf' absetzen, und ich sitz' da und kann nit helfen. Und dann die bösen Geschichten in der Famill' vom Ältesten; daß der Mann so jung hat sterben müssen – fünfundsechzig Jahr', das ist doch kein Alter! Seine Buben, seine Buben, die haben halt den Frieden nit, das sind unruhige Geister, die putzen ihr Sach' hinaus und eines Tages, ich seh's kommen, muß ihre Schwester, das arm' Burgele mit der schiefen Hüft', bei den Verwandten die Kindsmagd machen. Und dann mein Dritter, der vor dreißig Jahren auf die Wanderschaft 'gangen ist und nit schreibt, halt immer nit schreibt – – ist's ein Wunder, daß ich keine Ruh' find' bei Tag, und in der Nacht keinen Schlaf? – Hoffentlich, hoffentlich hast was recht Kräftigs im Vorrat, Lene, denn wenn's mich nit schauert, bringt's mich auch nit über meine Gedanken weg. Zuerst aber koch' einen guten Kaffee, und da steht auch wieder 's ganze Schränkle voll Wecken und Gipfel, die sie mir 'bracht haben, auch frische Butter; nimm nur mit heim, Lenele, was übrig bleibt; ebenso kannst 's Kirschwässerle herstellen, ich weiß, das ist deine schwache Seit', drum kriegst es auch nur zur Belohnung, denn wenn ich damit auch so freigebig wär', hätt's mit den schönen Geschichten bald ein End' genommen, zudem daß du's nit gut vertragen tust.«

»Eh freilich«, meinte Mutter Lene, »das schon.« –

Aber die Freundin blieb dabei: »Bist allemal ganz duselig hinterher, und das ist nix in deinen Jahren.«

»Wenn ich krank wär'«, meinte Lene, »wenn aber eins so gesund ist wie ich« –

»Beruf's nit«, unterbrach sie die Freundin, »man muß nie nix berufen, keiner soll den Tag vor dem Abend loben.«

Mutter Lene schwieg; sie hatte alle Ursache, kleinlauter Stimmung zu sein, denn nicht nur, daß sie keine Geschichte wußte, die Worte der Vordereck-Bäuerin saßen ihr noch außerdem in den Gliedern; daß sie das Gute und nicht das Schlechte zu verbreiten habe und sich die schlimmen Geschichten, die sie erzählte, in ihrer letzten Stunde an ihr rächen könnten.

Als es nun zum Erzählen kam und sie auf ihrem hölzernen Hockerchen vor der kranken Kameradin saß, hatte sie den ernstlichen

Wunsch, keine neue Sünde zu begehen, weshalb sie sich auch ein wenig von dem kleinen Tisch, der neben der Ern'stin stand, abwandte, um das Kirschwasser nicht vor Augen zu haben.

»Nun also«, drängte die Ern'stin, »wird's bald?«

Mutter Lene seufzte und faltete ihre harten braunen Finger in völliger Hilflosigkeit ineinander. Da blieb ihr suchender Blick an dem welken Vergißmeinnichtstrauß an ihrer Brust hängen und siehe da – die Blümchen, die sie schon auf ihrem Weg durch die Wiese so eigentümlich angemutet hatten, jetzt auf einmal fingen ihre welken Köpfchen an zu reden, ein versunkenes Bild aus dem Gedächtnis der Achtzigjährigen heraufbeschwörend, daß der Greisin Vergangenheit und Gegenwart wie in eins zusammenschmolz. Sie hörte nicht die Worte der Kameradin, die schon ganz in Erwartung des Argen, das sie zu hören hoffte, mit halblauter Stimme die Frage tat: »Ist's wieder so eine böse Eh'standsgeschicht' wie selbe, wo's dem Mann den ganzen Tag im Ohr gesummt hat: sie ist dir nit treu – sie ist dir nit treu! – oder hast einen Totschlag, Lene, einen einfachen oder einen verwickelten? wie selbigsmal, wo sie 's Ohr gefunden haben in der Bodenkammer, unter den Gelbrüben – hu!« Ern'stin schüttelte sich: »Oder ist's was Ähnlichs wie selbigs andermal, wo's so gemichtelt hat in der Stub' – in der dunklen Stub' mit dem schwarzen Kamin, in dem fünf schwarze Schinken gehangen sind, vier Schweineripple und sechs Paar Würst' – und hernach unter dem Fußboden, da wo der Diele so 'kracht hat, das klapperdürr' Totengeripp« –

Mit einem Aufschrei packte sie die vor ihr sitzende Lene beim Arm: »'s graust mir noch heut' – das war deine beste Geschicht' – hast wieder so eine?«

Mutter Lene sah ganz erschrocken von ihren Blumen auf; sie brauchte ordentlich Zeit, um sich in die Gegenwart zurückzufinden, und als sich die Ern'stin zu ihr beugte: »Wie war's also – wie war's?« da bildete sich Mutter Lene in ihrer Benommenheit ein, es handle sich um ihr eigenes Erlebnis, und sie war schnell bei der Hand und begann:

»Im Sommer – im Sommer war's – ein Sonntag grad wie heut'. – Mutter, hab' ich gesagt, ich geh' noch ein wenig in die Wiesen, bevor's nachtet, ich hab' mich die ganz' Woch' auf den Sonntag gefreut. – Freilich, hat sie gesagt, geh, so lang du magst, mußt so die ganze Woch' sitzen und stichlen, armer Tropf, dem ich nix mehr sein kann, dem ich nur noch zur Last bin. Oho, hab' ich gesagt, das ist doch ganz in der Ordnung, zuerst hast du für mich geschafft und jetzt schaff' ich für dich. – Am Steg, über dem Bach, kommt einer her und laßt mich nit vorbei! Er spielt auf einer Ziehharmonika ein Stückle auf und steht und lacht, und ich lach' auch.

Hei, Maideli, sagt er, was bist so jung.

He jo, sag' ich, sechszehne grad –

Und ich zwanzig, sagt er, komm', setz' dich ein wenig zu mir ins Gras, ich spiel' dir gern ein Stückle auf, wenn du magst.

Nun halt, da sitzen wir.

Wo bist daheim? frag' ich.

Überall und nirgends, ich zieh' so 'rum und spiel' zum Tanzen auf.

Hast keine Eltern, frag' ich, keine Mutter mehr?

Ja, sagt er, sie flicken Schirm', aber sie sind mir zu grob, da bin ich davongelaufen.

Eh, du schlechter Bub', verschreck' ich mich, ich ließ' mein Mütterle nit allein.

Drauf nach einer Weil' fragt er: bist arm?

Ja, sag' ich, eine Näherin bin ich – 's muß halt langen –

So ist's allemal, meint er, die Nettsten haben nie nix, aber wenn dir's recht wär', ich nähm' dich gleich mit auf die Reis', 's geht immer lustig zu und manchmal hab' ich beide Säck' voll Geld – es wär' so schön mit'nander, meinst nit auch?

Ja, sag' ich, freilich wohl, aber da kommt's doch nit drauf an. Ich muß bei meiner Mutter bleiben; sie hat's auf der Brust und hustet Tag und Nacht.

Und die Lieb' gilt dir nix? fragt er. Da muß ich weinen, ich weiß nit warum: die Lieb' ist viel zu kostspielig für mich; da ist der Schneider, der hat zu meiner Mutter gesagt, er nimmt sie auch dazu. Du bist freilich schöner, aber die armen Leut' müssen halt auf die Nützlichkeit schauen.

So hab' ich gesagt und er hat mit der Achsel gezuckt und angefangen ein Stückle zu spielen. Schönres hab' ich nie nix gehört. Noch eins – bitt' ich, und – noch eins, noch eins – so geht's fort.

Jetzt kann ich keins mehr, hat er über einmal gesagt. Jetzt. Maideli, jetzt kommt der Lohn – Ich hab' mich nit gewehrt – ein Schmützle hin, ein Schmützle her – genau so viele als er Stückle gespielt hat – und dann noch eins umsonst zum Abschied. Drauf haben wir uns einen Strauß geschenkt – vom Bach weg, die Vergißmeinnicht – er hat ihn an den Hut gesteckt – so ist er 'gangen –«

Die Alte schwieg; es war so still in der Stube, nichts zu hören als die Fliegen, die am Fenster summten und das Tiktak der rauchgeschwärzten Uhr dahinten am Ofen.

Mutter Lene, der es ein wenig vor den Augen geflimmert hatte, fuhr sich mit der Hand darüber und sah nun auf. Da gewahrte sie mit Schrecken, daß die Kameradin schlief – tief und fest, wie es ihre regelmäßigen Atemzüge verkündeten. Im ersten Augenblick überfiel die Erzählerin ein Gefühl großer Beschämung, dann aber kam wieder jene strafwürdige Neigung bei ihr zum Durchbruch, jedem Ding eine gute Seite abzugewinnen, und sie sagte zu sich selbst: daß ich 's Ern'stin zum Schlafen gebracht, das ist doch gerad' so gut, als wenn ich ihm über seine schwarzen Gedanken weggeholfen hätt'. – Sie gäb' mir gewiß ein Schnäpsle, wenn sie jetzt aufwachen tät. –

Und sie kam mit sich überein; am gescheit'sten ist's, ich nehm' mir eins, denn ich tät' mich der Sünd' fürchten, die arm' Dulderin aus ihrem guten Schlaf zu wecken. –

Ganz leise nahm sie die Flasche und schenkte sich in aller Bescheidenheit ein halbes Gläschen ein; das schmeckte so gut, daß sie zu sich selber sagte: Eh, warum bin ich auch so dumm, 's Ern'stin hätt' mir gewiß ein ganzes Gläsle 'gunnt. – Ihre Erfindungsgabe war so unerschöpflich in überzeugenden Gründen, daß sich Mutter Lene glücklich drei Gläschen Schnaps herausgeklügelt hatte. In aller Stille machte sie sich aus dem Staub; eine wohlige Wärme belebte ihren alten Körper, die Füße liefen wie von selbst: »He, Mutter Lene, wo brennt's?« riefen ihr die vor ihren Höfen sitzenden Leute nach. Aber sie hatte keine Zeit, sie blieb nirgends stehen, es trieb sie vorwärts, als erwarte sie irgendwo eine große Freude, als dürfe sie sich nicht einen Augenblick verweilen, um nicht zu spät zu kommen.

Der Abendschein lag über dem Tal, als die Alte in die Wiesen bog und den Steg betrat. Da ging ihr plötzlich der Atem aus, sie wankte und sank am Ufer nieder mitten in die Vergißmeinnicht hinein; zitternd mit einem irren Lächeln streckte sie die Rechte nach den Blumen aus; ein kurzer röchelnder Laut entfuhr ihren Lippen, und sie sank leblos zurück.

Die blauen Vergißmeinnicht schlugen über ihrem welken Gesichtchen zusammen, und der Gesang der Grillen geleitete die Dichterin ums tägliche Brot hinüber in den ewigen Schlummer.

Preisgekrönt

Sie saßen an einem schön gedeckten Kaffeetisch, auf dessen Mitte eine Riesentorte prangte, ganz mit täuschend nachgeahmten Bienen besät, dem Sinnbild des Fleißes. Und wahrlich, die Hände, die sich mit so großer Vorsicht der feinen Porzellantassen bedienten, sie gaben ein beredtes Zeugnis, daß ihre Aufgabe im Leben nichts als Mühe und Arbeit gewesen.

Sie kamen soeben aus dem Rathaus, diese fünf nicht mehr dem jugendlichen Alter angehörenden Erscheinungen, alle mit dem Kreuz auf der Brust, das sie zur Belohnung für eine langjährige Dienstzeit erhalten hatten. Ricke und die sehr sorgfältig gekleidete und äußerst zierliche Theres hatten ihr Kreuz am heutigen Tag, zur Feier ihres fünfundzwanzigjährigen Jubiläums, bekommen, während die Gretel mit ihrer dicken gelben Uhrkette, und Lene, das Urbild einer wohlgenährten und selbstbewußten Herrschaftsköchin, einer älteren Generation angehörten und mit dem Preis für eine dreißigjährige Dienstzeit bedacht worden waren.

Oben am Tisch aber thronte das Rosele in der großen Flügelhaube, die ihr in jungen Jahren so reizend zu Gesicht gestanden und jetzt den stark ergrauten Scheitel der bald Siebzigjährigen beschattete; auf ihrer Brust prangte das goldene Kreuz für eine Dienstzeit von fünfzig Jahren.

Ein blutjunges Ding, kaum siebzehnjährig, mit ängstlich angespannten Haaren und großen verwunderten Augen, bediente die angesehene Versammlung. Aber sie tat's mit sichtlicher Verklommenheit, denn die Ricke, ihre Tante, ließ kein Auge von ihr; sie war die Wirtin; in dem Hause ihrer Herrschaft fand die Nachmittagsfeier statt.

Durchdrungen von der Verantwortlichkeit, vermochte denn auch die Ricke keinen Augenblick still zu sitzen.

»Nur keinen Flecken auf das schön' Damasttuch«, rief sie das junge Ding an. »So ein Unsinn! Ohne mir ein Wort zu sagen, decken die Frau Geheimrat ihr feinstes Sach' auf; was hat man denn weiter davon, als daß man in Todesängsten lebt, 's geschieht 'was.«

»Nein, es freut uns, denn es ist eine Ehr'«, sagte das Rosele, »und bleiben Sie jetzt einmal um Gottes willen ruhig sitzen, Ricke, und lassen Sie uns die Sach' in Frieden genießen!«

»Sie ist und bleibt wie ein Zündnadelgewehr, das alle Augenblick losgeht«, meinte die Gretel, worauf die Ricke sich mit einem Ha! in ihr Schicksal ergab und auf ihrem Stuhl Platz nahm.

Aber schweigen konnte sie nicht: »Helen', ich sag' dir's, – ich bind' dir's auf die Seel', ein einzig's Kaffeetröpfle, und das ganze Tischtuch ist ruiniert!« –

Das junge Ding fing an zu kichern, wurde dunkelrot im Gesicht, und wußte sich nicht anders zu helfen, als indem es schleunigst die Kaffeekanne auf den Tisch setzte.

Sofort bemächtigte sich Ricke der Kanne: »So 'was Dumms«, schalt sie, »immer das Gekicher, – von morgens bis abends kichert das Geschöpf, und wenn ich nur wüßt', warum? Aber wegen gar nix auf der Herrgottswelt.«

»Sie ist halt noch jung«, sagte das Rosele, »da braucht's nicht viel.«

»Sie haben gut reden«, begehrte die Ricke auf, »aber ich hab' die Verantwortung; ihre Mutter, meine Schwester, hat sie mir geschickt, so ein Land-Konfekt! Und in einem halben Jahr soll ich sie für einen Dienst erzogen haben, – nein«, unterbrach sie sich, »nicht zusammengerückt am Tisch, da gehört die nicht hin! Dort am Büffet hab' ich ihr ein Blechbrettle hingelegt, da mag sie ihren Kaffee trinken, denn ein kleines Kind treibt's nicht ärger als die.«

»Wie lang' ist sie denn da?« fragte Rosele.

»Ha, schon über acht Tag' –«

»Da kann man auch noch nicht viel verlangen.«

»So, wenn ich den ganzen Tag an sie hinred'! Jetzt schaut nur, wie sie wieder in ihr Schürz' 'nein kichert! Guck' du dich lieber um, 's ist gescheiter, und nimm dir ein Exempel; hast's gesehen heut' auf dem Rathaus, was man für Ehren erntet, wenn man ein ordentlicher Dienstbot' ist? Eine, die alle Jahr in einem andern Haus 'rumschlampt, die sitzt in ihren alten Tagen nicht mit dem Kreuz da, und wird von der ganzen Stadt estimiert und im Tagblättle gelesen.«

»Ja, das ist wirklich wahr«, nahm das Rosele das Wort, »es ist eine Freud', so einen Tag zu erleben; einen General, der eine Schlacht gewonnen hat, kann man nicht mehr ehren, als mir das heut' von der ganzen Nachbarschaft widerfahren ist; und was so schön ist, daß man so mit jedem Preis der Landesmutter näher rückt; man ist wie befreundet miteinander; heut' war ihre erste Frag': ›Und wie geht's mit den Füßen, Rosele?‹«

»Und zu mir«, unterbrach sie Ricke, »zu mir hat sie gesagt, sie hab' schon viel von mir gehört, und weil Ihre Königliche Hoheit auch noch aufgestanden sind –«

»Das tun sie immer«, unterbrach sie Rosele, »wenn sie das Kreuz austeilen; das ist eben die besondere Ehr'! –«

»Vor lauter Schreck hab' ich Großherzogliche Hoheit gesagt anstatt ›Königliche‹«, sagte die Ricke.

»Ja, so kann's einem gehen«, meinte die Gretel, »ich weiß noch, ich hab' 's erst'mal in der Angst ›Hochwürden‹ zur Frau Großherzogin gesagt; ich bin halt aus einem katholischen Ort.«

Jetzt lachten sie alle, und Helen', das junge Ding, richtete mit ihrem vollen Mund ein solches Unheil auf dem Blechbrettchen an, daß Rickes Behauptung, ihre Nichte gehöre nicht an den Tisch, glänzend gerechtfertigt war.

Wie der Blitz stand sie an des Mädchens Seite, als dieses eben mit der Schürze den Schaden wieder gut machen wollte.

»Halt, hinaus mit der Kaffeebrüh'«, kommandierte sie, »und schämen tust dich bis über die Ohren!«

Mit dunkelrotem Kopf nahm die Kleine ihr Brettchen; sie schämte sich in der Tat und war dem Weinen nahe.

»Nur nicht den Mut verloren!« rief ihr die freundliche Stimme Roseles nach.

Und die behäbige Lene gab auch ihren Senf: »Schön die Gedanken beisammen haben, nicht immer an andre Sachen denken; oder haben Sie vielleicht eine Bekanntschaft?«

»Nein, die Bleichsucht«, sagte die Helen' und zog mit ihrem Brettchen ab.

»Sie scheint mir aber noch eine ziemliche Unschuld zu sein«, meinte die Gretel, »denn sonst weiß doch jedes, was eine Bekanntschaft ist.«

Rosele lachte: »Auf dem Land fragt man halt: ›haben Sie einen Schatz?‹«

»O Gott bewahr', für so 'was Ernstes hat die noch keinen Sinn«, sagte die Ricke, »die tät' am liebsten den ganzen Tag mit dem Hundle, dem Fifi, spielen; 's hat heut' schon ein Drama abgesetzt, weil sie ihn hat hier haben wollen; ›Nein‹, hab' ich gesagt, ›das Tier will immer die Hauptperson sein, und außerdem sollst du lernen, daß man nicht immer seinen Kopf durchsetzen darf‹.«

Helen' war während der Rede der Tante wieder herein gekommen und nahm ganz bescheiden auf einem kleinen Stühlchen hinter dem Büffet Platz; sie hatte den Fifi unter der Schürze und hielt ihm die Schnauze zu; er quiekste aber doch ganz bedenklich, nur hatte jetzt niemand Zeit, darauf zu achten, denn Ricke, die entdeckt hatte, daß noch so viel Kaffee in der Kanne war, fing mit jeder ihrer Freundinnen, die sich gegen eine dritte Tasse wehrte, Händel an.

»Sie dürfen 'was sagen, daß man nicht immer seinen Kopf durchsetzen soll«, meinte das Rosele, »so ein heiliger Eifer, mit dem Sie immer zu Werk gehen, Ricke, – das mag auch manchmal 'was Beschwerliches für Ihre Herrschaft haben?«

»Ja, ja«, gab die Ricke zu, »ich vertrag's nicht gut, wenn ich zum Beispiel mein Repertoir gemacht hab', und 's kommt einer und wirft's mir über den Haufen.«

Die Rosel nickte: »Ja, wir haben auch unsere Schattenseiten: ich bin zum Beispiel ein bißle empfindlich.«

»Ich hab' den Eigensinn«, sagte die Gretel.

»Und ich bin grob«, verkündete Lenes Baßstimme.

Alle sahen nach der Theres hin, allein sie sagte nichts, sondern behielt ihre Schattenseite für sich.

»Sie, Ihre Brill' sitzt Ihnen aber auch nicht«, sagte das Rosele zur Ricke, nachdem sie alle eine Arbeit zur Hand genommen hatten.

»Ha, 's ist halt 'm Herr Geheimrat selig seine«, gab die Ricke zur Antwort, »er hat viere hinterlassen, und die müssen doch aufgetragen werden. So ganz klar seh' ich freilich nicht durch, aber für meine Kisseneinsätz' reicht's gerad' noch; zwei Dutzend will ich fertig haben, bis unser Mariele achtzehn ist; jetzt ist sie vierzehn.«

»Da hat die Tante Geduld, mit dem Mariele, aber mit mir nicht!« rief die Helen' aus ihrem Winkel heraus.

»Vor allen Dingen hast du ›Fräulein Marie‹ zu sagen und nicht ›Mariele‹«, begehrte die Ricke auf, »aber daß ich jetzt zur Hauptsach' komm', – ich hab' nämlich grad' wollen mit euch Rat pflegen, wo ich denn ums Himmels willen das Mädel hintun soll, denn die Hauptsach' ist eben doch, daß sich so ein junges Ding gleich von vornen herein richtig organisiert.«

Schnell fuhr das rosige, stark aufgestülpte Näschen der Helen' hinter dem Büffet hervor: »Eine Freundin, die ich als an der Kirch' treff', hat zu mir gesagt, – geh' nur nicht zu Adeligen, da kriegt man nicht genug zu essen.«

»Bitte recht sehr!« ließ sich die leise, gehaltene Stimme der Theres vernehmen, »da muß ich denn doch den Adel in Schutz nehmen; in den fünfundzwanzig Jahren, daß ich bei meiner gnädigen Frau bin, darf ich nie 'was Extras für sie kochen, sondern stets fürs Allgemeine; nie wird sich bei uns angefahren oder ein heftiges Wort gesagt; ich hab' gern anfangs, wie ich noch jung war, ein wenig gemault, wenn mir 'was nicht nach dem Sinn ging, das haben mir die gnädige Frau direkt durch ihre Liebenswürdigkeit ausgetrieben, so daß ich beschämt diesen Fehler ablegte. Und vom Herrn Bruder, Seiner Exzellenz, die zuweilen bei uns speisen, bekomme ich stets zwei Mark wegen der Umständ', denn sie sind Vegetarianer.«

»Versteht denn so einer deutsch?« fragte die Helen', wurde aber von ihrer Tante durch ein: »Sei nicht so ungebildet!« zum Stillschweigen gebracht.

»No, aber so viel weiß man halt doch«, bemerkte die Gretel, »der Adel halt' sich für 'was Besonderes und will nie nix von andern Leuten wissen.«

»Ha«, meinte die Ricke, »da wären wir ja eigentlich auch von Adel, denn wir sind auch am liebsten unter uns und mögen von den gewöhnlichen Dienstboten, wie sie heutzutag' sind, nix wissen.«

»Sagen Sie doch nicht immer Dienstboten«, unterbrach sie die Theres, »ich kann das Wort nicht leiden; es ist gerad' so veraltet, wie die gedruckten Röck', die die Mädchen früher getragen haben.«

»Gellen Sie aber, Sie sind insfisziert!« triumphierte die Ricke, »ich sag's ja immer, über ihren Adel läßt sie nix kommen, gleich macht sie ein Gesicht, wie eine beleidigte Gräfin!«

»Nun ja, so gehört's sich doch auch«, fiel ihr das Rosele in die Rede, »das wär' noch schöner, wenn man nicht zu seiner Herrschaft hielt! Mag die Theres ihren Adel fürs Höchste ansehen, ich halt 's meist auf den gebildeten Mittelstand; alle großen Erfindungen: 's Gas, 's elektrische Licht, Steinkohlen, Dampf und Maschinenbau, – alles, was überhaupt was Rechts ist, hat der gebildete Mittelstand erfunden.«

»So, und der Bismarck?« fragte die Theres, »hat der vielleicht nichts erfunden?«

»Ha, natürlich, 's einig' Deutschland«, sagte die Ricke, »man liest doch seine Zeitung, mir entgeht nix! Aber wir wollen uns jetzt lieber nicht in die Politik vertiefen, denn das weiß jeder, da gibt's gleich Händel; helft mir lieber einen guten Dienst ausfindig machen für die Helen'.«

»Nur nicht zu Offiziersleut'«, schrie diese aus ihrer Ecke, »meine Freundin hat mir gesagt, da soll's immer nach außen hin flott sein, und man muß sich halber tot schaffen und wird doch für nix angesehen.«

»Potz Tausend!« fuhr die Ricke auf, »du scheinst mir ja eine recht nette Freundin aufgegabelt zu haben; die wird kassiert. Hättst du unsern Premierlieutenant gesehen, du wolltst anders reden, du einfältige Person! Letzten Sommer, wie die Frau Geheimrat und 's Mariele fort waren, hab' ich dürfen vierzehn Tag' zum jungen Paar, ins Elsaß. Ich kann nur sagen, wenn's überall so zuging, in allen Häusern, da wär's kein Unglück, Dienstbot' zu sein. Nein, ich laß nix über den Militarismus kommen; unser Herr Premierlieutenant ist die Güte in Uniform, so groß hab' ich sie noch gar nie im Zivil angetroffen.«

»No ja«, sagte die Gretel, »'s gibt Ausnahmen, aber im großen ganzen –«

»Im großen ganzen sind auch die Dienstmädle nix wert, heißt's, und wir sitzen auch da und sind ordentlich«, erklärte die Ricke.

»So ist's«, sagte das Rosele, »drum ereifere ich mich nie, denn 's hat alles zwei Seiten in der Welt. Nur wenn man mich fragt, wo man ein junges Mädle hintun soll, so bleib' ich dabei und schlag' den gebildeten Mittelstand vor, wo die Frau nach allem sieht, und so ein Mädle immer unter Aufsicht ist. Bei reichen Herrschaften ist das anders.«

»Ja, das weiß ich noch von der Schul' –« ertönte Helen's Stimme vom Büffet her, »eher kommt ein Kamel durch ein Nadelöhr, als ein Reicher ins Himmelreich!«

»Jetzt hör' einer das vorsintflutisch' Geschwätz!« lachte die Gretel auf; »daß meine Frau reich ist, das hat noch keinem Menschen 'was geschadet, im Gegenteil: zwei Buben von meinem Bruder hat sie studieren lassen, und für ein taubstummes Kind von meiner Schwester sorgt sie auch, außerdem daß ich einmal recht angenehm leben kann, wenn meine Frau stirbt; aber Gott erhalt' sie mir noch recht lang! Nein, der Reichtum ist nicht zu verachten! Nicht wahr, Lene, sie wissen auch, was er wert ist?«

Diese nickte: »Will's meinen! Um Gottes willen, so ein kleiner Herd mit einem oder zwei Pfündle Fleisch, das wär' nimmer mein Fall! Ich bin so rechte Händ' voll gewöhnt; ein überraschends Abendessen von zehn Personen ist mir nix, und wenn der Herr Kommerzienrat um halber Eins telephoniert: ›Ich bring' drei Herren zu Tisch‹, – so haben sie um halb Zwei ein Diner, mit dem er Ehr' einlegt. Und wegen dem Nadelöhr-Vergleich brauchen wir uns auch nicht betroffen zu fühlen, denn was wir an jungen Künstlern 'rausfüttern, unterstützen und ausbilden lassen, das geht in die Tausende.«

»Hm«, meinte die Ricke, indem sie mit einer gewissen Geringschätzung die Nase rümpfte, »Künstler, so Opernsänger oder Schauspielersleut', das wär' doch 's Letzt', wo ich die Helen' hintun möcht'!«

»Ricke!« Das war Rosele, und sie, die behauptet hatte, sie ereifere sich nie, war ganz hochrot vor Empörung.

»Das ist auch wieder in Bausch und Bogen geurteilt«, sprudelte sie hervor, »der Theaterberuf geht freilich oft tief in die Nacht hinein, und das ist nicht bequem, aber darum kann doch Ordnung im System sein; unser Neffe ist wenigstens ein ausgezeichneter junger Mann, trotzdem er Schauspieler ist; der dürft' sich ruhig neben ihren Premierlieutenant stellen, da dreh' ich keine Hand um. Wenn er deklamiert, da laufen mir gerad die Tränen über die Backen, und daß ich den halben Schiller auswendig kenn', das dank' ich unserm Neffen ganz allein, denn es ist doch auch 'was Schönes um die Poesie, die einem lehrt, daß man nicht nur fürs Essen und Trinken auf der Welt ist.«

»Hm«, meinte die Lene, »die Hauptsach' ist's aber doch.«

»Jetzt aber«, rief die Helen' in heller Ungeduld aus ihrer Ecke hervor, »zu den Juden darf man ganz gewiß nicht, denn da kommt man um sein Christentum!«

Die Ricke schlug die Hände zusammen: »Was die in der kurzen Zeit alles aufgeschnappt hat, auch noch in den Antissismus red't sie 'nein! Ich will dir 'was sagen, ich hab' ein paar gute Freundinnen, die bei Juden dienen und gerad so oft in die Kirch' gehen als ich.«

»Wenigstens«, sagte die Karolin', »einen bescheidenen Ton hat man in den Judenfamilien nicht vor Augen –«

Und die Gretel setzte hinzu: »Ich für meine Person glaub' einmal nicht an eine rechte Anhänglichkeit zwischen Juden und Christen –«

»So, und die Eva?« fragte das Rosele, »ihr erinnert euch doch an die Eva? Ein Menschenleben lang haben wir zwei droben im Rathaussaal auf derselben Bank neben einander gesessen: sechzig Jahr hat die Eva in einem jüdischen Haus gedient. So lang ich leb', vergeß' ich das

Bild nicht, wie sie das letztemal vor die Frau Großherzogin hingetreten ist, schneeweiß, ganz gebeugt, geführt von den beiden Söhnen ihrer Herrschaft, die auch schon alte Herren waren; 's hat alles geheult, auch der Frau Großherzogin sind die Tränen über die Wangen geloffen. Ich hab' selbigsmal denkt: ›Wie schön, wenn man auf die Menschen so einen Eindruck macht, der ihnen fürs Leben bleibt.‹«

Die Stille, die diesen Worten folgte, wurde durch ein lautes Gequiekse aus der Ecke unterbrochen.

»Ha, jetzt hört aber aller Verstand auf!« schrie die über alle Maßen erboste Ricke, und schoß nach jener dunklen Ecke, »wer so wüst tut, der gehört, bei Gott, nicht in eine gebildete Gesellschaft!«

»Ich war's ja gar nicht«, verteidigte sich die von ihrer Tante unsanft aus der Ecke gezogene Helen', »der Fifi war's!« – Und sie hielt der Ricke das zappelnde Hundchen unter die Nase.

Alles lachte, nur die Ricke nicht, die in höchster Indignation ausrief: »Und hab' ich dir's nicht streng verboten, der Fifi dürft' nicht 'rein?«

»Ha«, meinte die Kleine, »ich hab' doch auch 'was haben müssen, wo ihr so ernsthaft geredet habt; wenn meine Freundin von den Leuten red't, das ist viel unterhaltlicher, da sind's nicht lauter Engel.«

»Das ist halt, ›wie man in den Wald ruft, so ruft's 'raus‹«, sagte das Rosele, »wer selber ordentlich ist, der findet auch ordentliche Leut'.«

Und die Ricke gab ihrer Nichte einen Stoß in die Seite: »Nimm dir ein Exempel dran!«

In diesem Augenblick flogen die beiden Flügeltüren in den geräumigen Salon auf, und den erstaunten Blicken der Anwesenden bot sich ein gar rührendes Bild dar, – Maria Stuart inmitten ihrer weinenden Frauen.

»Jesses«, flüsterte die Ricke, »unser Mariele in der Frau Geheimrat ihrem weißseidenen Hochzeitskleid!«

»Was klagt ihr?« begann die jugendliche Königin, »warum weint ihr? Freuen solltet ihr euch mit mir, daß meiner Leiden Ziel nun endlich naht –«

Daß Melvil, an den die unglückliche Königin sich wandte, die Hausmütze des Herrn Premierlieutenants trug, störte weder die Spielenden noch die Zuschauer in ihrer Illusion. Sie war so echt, daß nicht nur die letzteren in Tränen schwammen, sondern auch die Spielenden kaum ihrer Rührung Herr zu bleiben vermochten. Ja, Mariele, die Königin, mußte zum Schluß ihrer Abschiedsworte fortwährend ihr

Taschentuch zu Hilfe nehmen, und kein Mensch konnte sie mehr verstehen.

Lord Leicester dagegen führte seinen Monolog mit der größten Sicherheit durch; die Darstellerin dieser Rolle war ein kleines, rundliches Mädchen mit der hellsten Stimme der Welt; alles was sie sagte, klang so lustig wie möglich, aber sie suchte den Mangel ihres Organs dadurch gut zu machen, daß sie erschrecklich die Stirne runzelte und zum Erbarmen seufzte; und jeder war von ihrer Verzweiflung überzeugt.

»Es ist unserem Neffen seine Roll'«, flüsterte das Rosele und sprach den ganzen Monolog mit halblauter Stimme nach.

Ein wahres Gruseln aber erfaßte die Versammlung, als die Stelle kam:

»Es wird still, – ganz still;
Nur Schluchzen hör' ich, und die Weiber weinen. –
Sie wird entkleidet. – Horch! der Schemel wird
Gerückt. – Sie kniet aufs Kissen, – legt das Haupt –«

Sie schrieen alle mit bei dem gräßlichen Schrei, den Leicester zum Schlusse ausstieß, gerade als ging's ihnen ans eigene Haupt, und die jugendlichen Darsteller hatten alle Ursache, mit dem Effekt ihres Festspiels zufrieden zu sein.

»Aber Kinder«, sagte die Frau Geheimrätin, welche erschien, und nicht wenig erstaunt war, die ganze Gesellschaft in Tränen aufgelöst zu finden, »warum habt ihr denn gerade so etwas Trauriges für den heutigen Tag gewählt?«

»Das hat seinen Grund«, gab ihr das Töchterchen zur Antwort, »wenn die Ricke aus dem Theater kommt, sagt sie immer: 's war nix, es sind gar keine gestorben –«

»Nun, dann habt ihr's ja getroffen«, meinte die Geheimrätin, »ich aber will mit einer Flasche Schaumwein den ergriffenen Gemütern wieder aufzuhelfen suchen –«

»Was«, protestierte die Ricke, »so eine unverantwortliche Verschwendung, Frau Geheimrat, – das kann ich nicht zugeben, das nehmen wir alle nicht an!«

Es half aber nichts, die Kinder kredenzten der preisgekrönten Dienstbotenschar den schäumenden Moselwein in schönen hohen

Stengelgläsern, und Rosele, die Seniorin, erhob das ihre mit den Worten:

»Alle guten Herrschaften sollen leben!«

Worauf die Jugend einstimmig in den Ruf ausbrach:

»Nein, die guten Dienstboten, die guten Dienstboten hoch!«

»Zu Licht«

Der stille Forst lag eingesargt in seinem weißen Schneebett; dann und wann krachte es in den Zweigen der schwer belasteten Tannenriesen, über denen der Vollmond stand; er drang mit seinem silbernen Licht bis hinunter in die schmale Talmulde mit ihren fast der Erde gleichen Häuschen.

Am letzten derselben ganz zu Anfang des Tales, knarrte eine Türe und zwei vermummte Gestalten traten heraus; sie stiegen mühselig durch die hohen Schneemassen, längs der ziemlich weit auseinander liegenden Höfe, deren helle Fensterchen traulich in die Winternacht leuchteten. Oben vor dem höchstgelegenen Haus, hinter dem sich der Wald aufbaute, machten sie Halt, traten in den dunklen Flur und tappten sich zur Stubentüre.

»Eh, schau auch daher«, rief ihnen eine freudig bewegte Stimme entgegen, »das ist gescheit, daß Ihr zu Licht kommt, Bergmänne, wo zur Zeit die Abende so gar kein End' nehmen wollen.«

Die Sprecherin, eine bläßliche Frau mit noch hübschen Zügen, nahm den Gästen die dickwattierten Mäntel ab und hing sie an einen Haken nahe beim Ofen, dessen grüne Glasur aus dem Dunkel glänzte. Hier saß der Bauer, von dem man aber weiter nichts sah als die weiße Zipfelkappe und die roten Fünklein, die in seiner Pfeife glimmten.

Der Sohn, ein ungefähr vierundzwanzigjähriger Bursche, saß unter der kleinen Hängelampe am Tisch, die ihr Licht nur diesem und der nächsten Umgebung spendete. Der junge Mensch hatte ein Buch vor sich liegen, in dem er laut las, als die beiden Frauen eintraten. Nun schwieg er, allein vom Kachelofen her bewegte sich der weiße Hemdärmel des Vaters mit drohender Gebärde gegen den Burschen hin, so daß dieser rasch sein Buch wieder aufnahm und weiter las, aber so leise und undeutlich, daß ihn kein Mensch verstehen konnte.

»Ich«, sagte die Bergmann, eine hohe Fünfzigerin mit wettergebräuntem Gesicht und lebhaft funkelnden Augen, »ich setz' mich ins Eckle, zur Großmutter – wir zwei, gellet«, wandte sie sich an diese, »wir haben unsre Stricket im Griff?«

»Jo jo, freilich«, kam's ganz unten aus der Tiefe, denn der Kopf der alten Frau, von dem man nichts sah, als das weiße Haarschwänzlein, das sich hinten aus der Haube gelöst hatte, befand sich unterhalb eines hochgewölbten Rückens, der das ganze übrige Wesen fast zu erdrücken drohte.

»Aber da, 's Bärbel, das muß ans Licht«, sagte die Bergmann und griff mit der Hand nach der Schürze des jungen Mädchens, das mit seinem Spinnrad unter der Türe stehen geblieben war; dunkelrot vor Verlegenheit, zerbiß sie die Lippen, schielte nach rechts, schielte nach links und machte ganz den Eindruck eines Geschöpfes, dem's in seiner Haut so unbehaglich wie möglich ist.

»Hast gehört, hersitzen sollst«, befahl die Bergmann und zerrte das Mädchen zum Tisch, wo sie es auf die Bank niederdrückte, direkt vor den lesenden Burschen hin. »Die muß auf ihren Faden schauen, die weiß warum.«

Mit tief gesenktem Haupt setzte das junge Ding sein Rädchen in Bewegung, und eine Weile hörte man nichts als den friedlich surrenden Laut des Spinnrades und die leise lesende Stimme des Burschen. Er und das Mädel hatten sich noch mit keinem Blick gestreift, und es wäre schwer zu sagen gewesen, welchem von ihnen die Verlegenheit am deutlichsten auf dem Gesicht geschrieben stand. Das Licht der Lampe beleuchtete ihre roten Köpfe gleich unbarmherzig.

Die Alten saßen im Dunklen, das heißt, die Bäuerin hatte sich mit ihrer Flickarbeit ein wenig der Lampe zugekehrt, so daß deren Licht eben noch ihre Hände beschien und ihr vorgebeugtes Profil.

»Ja, da hab' ich nun 's Bärbel bei mir, ihr werdet staunen«, sagte die Bergmann, »'s ist eine lange Geschicht', ich werd' sie euch erzählen – du lieber Gott, wer so viel in der Welt herum kommt, wie ich, Dorf auf, Dorf nieder, von einem Haus in's andre und überall die kleinen Schreihäls auf die Welt bringen hilft, da sieht man so viel Elend, so viel Jammer, so viel Dummheit und auch wieder so viel Glück, daß man ein bißle ruhiger wird im Gemüt als die andern Leut' und nit gleich schreit: 's ist alles aus, wenn's einmal mit einer Sach' schief gangen ist –

Nur nit verzag'
Glück kummt all' Tag –

heißt's«. – Sie lachte, daß ihre großen weißen Zähne beinahe unheimlich aus ihrem dunklen Gesicht herausleuchteten.

»'s Bärbel, wie ihr's da seht, ist halt in Gottesnamen ein bißle vom graden Weg ab'kommen, und jetzt meint jeder in seinem Ort, er könn' einen Stein auf 's werfen; da hab ich 's halt zu mir genommen. Wie's zugangen ist, das will ich euch verzählen: Im Sommer, wie unsere Landsmutter in St. Blasien drunten war, hat sie einen Preis ausgesetzt für die beste Spinnerin, und die Maidle haben müssen in ihrem Staat und mit dem Garn, das sie 's Jahr durch gesponnen, im Amthaus erscheinen. Da hat unser Bärbel 's feinst' Garn gehabt von allen, und der Herr Amtmann hat sie sehr belobt darum. Aber nun sollten sie ihm auch alle einmal was vorspinnen, hat er verlangt, und jetzt was geschieht? 's Bärbel mit seinem schönen Garn, spinnen kann's nit! Nun freilich, den Preis hat ein anderes Maidle kriegt, und es hat die Schand' gehabt. Ich bin gleich zu seiner Mutter 'gangen und da hab' ich's denn gehört: sie war's, die dem jungen Ding ihr Garn zugesteckt, und drum hätt' man sie müssen an Pranger stellen, aber wie die Leut' sind in ihrer Unvernunft, 's hat alles aufs Bärbel 'neingehackt und kein einzigs Kamerädle mehr mit ihm gehen wollen. Notabene, wohl aufgemerkt: Die Mutter ist eine wohlhabende Witwe mit Haus und Feld und schönem Vieh im Stall; 's könnt gerad einer 'nein sitzen, aber auf einmal war der Segen fort mit dem guten Namen; 's hat nit einmal nix zu tanzen kriegt wie's Öhmd vorbei war.«

Die Bäuerin hatte, während die Frau sprach, das auf ihre Flickarbeit gesenkte Gesicht ein wenig erhoben und zu ihrem Sohn hinübergeblickt; es war eine eigentümliche Veränderung mit ihm vorgegangen – als habe sich in seinem Innern ein Druck gelöst, als sei da plötzlich etwas Tröstliches, Hoffnungsvolles eingezogen – ja, der Blick, mit dem er zu dem jungen Ding hinüber sah, das völlig geknickt hinter seinem Spinnrad saß, hatte geradezu etwas Freudiges, Triumphierendes. Da gewahrte er ihre Tränen, er hörte die bangen Seufzer, die ihrer Brust entstiegen, und das tiefste Mitgefühl schwellte ihm die Seele. Er hustete ein paar mal, um sich dem Mädchen bemerklich zu machen, er streckte den Fuß aus und suchte den ihren, um sie auf diese Weise von seinem Mitgefühl in Kenntnis zu setzen. Aber da kam wieder jener weiße Hemdärmel aus dem Dunkel der Ofenecke, drohender noch als zuvor, und der Bauer sprudelte etwas zwischen der Pfeife und seinem einzigen Vorderzahn hervor, das sich wie das dumpfe Grollen des Donners anhörte.

Der Bärbel stockte vor Schreck das Rädchen, während der Bursche sofort wie ein Häufchen Unglück zusammensank und sein Lesen von neuem aufnahm.

»Gott versprich' mir's, ich hab' den Bauern kein Wort verstanden«, sagte die Bergmann, »Ihr vielleicht?« wandte sie sich an dessen Weib. Diese hatte einen kurzen, zornigen Blick nach der Ofenecke geworfen, allein bevor sie die schmalen, fest geschlossenen Lippen zu einer Antwort geöffnet, erhob die Großmutter ihr kleines verrunzeltes Gesicht:

»Aber ich hab' ihn verstanden – ich hab' ihn verstanden, wie er noch keinen Zahn gehabt, da werd' ich ihn nit verstehen, wo er noch einen hat – der –« sie deutete mit der Stricknadel nach dem jungen Burschen hin, »der dort schmiedet die Nägel zu unserm Sarg; vom Vater hat er's nit, er hat's von ihr.« –

In das blasse Gesicht der Schwiegertochter stieg eine dunkle Röte, und um ihre Mundwinkel zuckte es heftig, aber sie sagte nichts, sondern seufzte bloß tief auf, während die Alte zu sprechen fortfuhr:

»Zwei Monat lang hat er in St. Blasien sitzen müssen – fürs Wildern – er, der den braven Vater hat und so einen braven Großvater gehabt, denen man nie kein Brösele hat nachsagen können.« – »Bet'«, herrschte sie den Enkel an, »laß' nit ab, dein Gebet für reumütige Sünder aufzusagen, damit dich Gottvater nit dereinst in der Höll' braten läßt.«

»Bald drei Wochen sind's«, murmelte die Bäuerin, »daß er alle Abend denselben Spruch ein paar Dutzend mal 'runterbeten muß.«

»Eh, du grundgütiger Heiland«, rief die Bergmann aus, »wie gehen auch die Leut' mit den armen Würmle um, die man ihnen munter zappelnd in den Schoß gelegt hat! Stundenlang beten so ein kräftiger Bursch – laßt ihn Holz hacken und sich regen und müd' machen, das ist die best' Medizin für ein übermütig's Blut.«

»Sie sollten Euch zum Doktor machen«, sagte die Bäuerin. Die Großmutter überschrie sie: »Der bös Feind ist allweil nur durch 's Beten zu vertreiben gewesen.«

»Auch mit dem Schaffen kann man ihm zu Leib gehen«, sagte die Bergmann, »der goldene Mittelweg ist halt immer 's best' auf der Welt; Ihr nehmt die Sach' zu ernst, und dem Bärbel seine Mutter hat's zu leicht genommen; um's zu trösten hat sie's wollen nach Waldshut, zu einer Tante schicken, da soll's tanzen und im Frühjahr mit einem schönen Bräutigam zurückkommen, da wären die bösen Mäuler still. – Ja, wollt Ihr denn Euer Maidele mit Gewalt zu Grund richten, hab' ich gesagt, spinnen soll's und nit ruhen bis es wirklich das schönste Garn hat weit und breit, und kriegt's dann den Preis, so sind die Mäuler auch still, denn dann hat's seine Ehr' wieder rein gewaschen; das ist meine Meinung; und zum Bärbel hab' ich gesagt: So, jetzt wähl' zwischen der Buß' und dem Sündenfall – 's hat die Buß' gewählt – ohne sich zu besinnen, ist's zu mir her'kommen und hat gesagt: ich möcht' meine Ehr' wieder rein waschen.«

»Ich muß Euch nur bewundern, wie Ihr Euch um fremde Leut' verdient macht, Bergmänne«, sagte die Bäuerin.

Jene lachte: »'s ist nit der Müh' wert, ich bin selber am wenigsten schuld dran, denn ich war nit immer so; aber da hat mir unser Herrgott einen hohen Lehrmeister geschickt, damals wie unsere guten Herrschaften 's erstemal nach St. Blasien 'kommen sind; da hab' ich's so recht erfahren, was es heißt, einem Menschen wohl zu tun; da war kein Kummer, keine Sorg', aus der mir unsere Landsmutter nit 'rausgeholfen hätt'; alles hab' ich ihr anvertraut, auch daß der Doktor mir gesagt, ich sollt' Zähn' haben wegen meinem Magen. Nun, da schaut her, was in meinem Mund ist, das ganz' stattlich' Gebiß, ein Präsent ist's von unserer Landsmutter! – Und so über einmal hat's mir keine Ruh' mehr gelassen; Bergmänne, hat eine innere Stimme zu mir gesagt, steh' nit da wie der Ochs am Berg, gib's weiter; wenn's auch kein Geld ist, ein guter Rat und eine gute Tat sind auch was wert. Und ich kann's euch versichern, wenn man einmal angefangen hat, dem lieben Gott so ein bisle ins Handwerk zu pfuschen, man kann's gar nimmer lassen.«

Unter der Lampe, am Tisch, hatte sich während der langen Rede der Bergmann alles mögliche zugetragen. In dem Maße nämlich als der Bursche, wie es über seine Sünden losging, kleiner und verlegener geworden war, hatte sich das junge Mädel gestreckt, und nun schaute sie mit einemmal ganz anders aus den Augen; was glänzte da nicht alles drin an Freudigkeit, Überraschung und Dankbarkeit, nicht länger allein das räudige Schaf in dieser Versammlung sein zu müssen – einen Leidensgefährten zu haben, der sich auch schämen mußte, und darum keinen Grund hatte, verächtlich von ihr zu denken. Wie anders surrte mit einemmal das Rädchen, so lebendig, ja beinahe lustig, als sei in das junge Ding plötzlich ein fröhlicher Kobold gefahren und habe alle Trübsal in ihrem Herzen überwunden und in die Flucht geschlagen.

Und siehe da, nun hustete auch das Bärbel, ja ganz ernstlich überkam sie's, und ihre Blicke flogen über den Tisch, erst verstohlen und unsicher, dann immer länger und dringender, endlich hafteten sie fest und voll herzlichen Mitgefühls auf der gesenkten Stirne des Burschen, der stockend sein Gebet las und mit der Rechten in seinem Haarschopf wühlte. Da zog's ihm plötzlich wie mit Gewalt die Wimpern in die Höhe und – »Daß ihr's nur wißt, ihr junges Volk«, unterbrach die Bergmann das Freudenfest, das eben vier Augen in aller Stille und Weltvergessenheit mit einander zu feiern im Begriff waren, »daß ihr's wißt, gut machen, aufstehen, wenn man auf die Nas gefallen ist, das ist jetzt eure nächste Aufgab; 's Vertrauen müßt ihr euch wieder gewinnen, und habt ihr's, dann bleibt auch die Belohnung nit aus. – Und jetzt, ich bitt' Euch, Bauer, laßt's genug sein mit der Beterei, ich kann das Gemurmel nimmer länger mit anhören; schickt den Buben lieber 'naus, er soll Schnee schaufeln, da kommt doch was dabei 'raus.«

Der junge Mensch blickte erwartungsvoll nach der Ofenecke, und da es dort still blieb, warf er das Gebetbuch zu, sprang in die Höhe, daß die Stube dröhnte, riß Jacke und Mütze, die an der Türe hingen, vom Nagel und stürmte hinaus.

»Eigentlich«, meinte die Bergmann, »könntst du dich auch nützlich machen, Bärbel, du weißt wie beschwerlich wir's hatten, den Weg herauf, mach', daß wir's 'runter leichter haben, will sehen was ihr leisten könnt mit einander.«

Das junge Ding ließ alles liegen und stehen; es vergaß sogar seinen Mantel, den ihm die Bergmann lachend nachwarf.

»So«, meinte sie, auf ihren Platz zurückkehrend, »wenn man über Erziehung red', müssen die jungen Leut' aus dem Weg sein; die Fehler der Eltern gehen sie nix an. Du lieber Gott, als ob nit jeder einmal ein bisle gewildert hätt', wie er jung war.«

»Der Sohn nit«, fiel ihr die alte Frau ins Wort, »und der Großvater auch nit.«

»Nun ja, das ist ja aller Ehren wert«, gab die Bergmann zu, »aber wenn so ein junger Bursch gerad vom Dienen kommt, da hat er halt das Schießen noch so im Gelenk; darum muß man nit gleich verzweifeln.«

Der Bauer kam jetzt aus der Ofenecke und nahm am Tisch Platz, gerad' unter der Lampe, die sein treuherziges Gesicht hell beleuchtete. Er gab sich alle Mühe verstanden zu werden, indem er die Pfeife weglegte und ganz langsam die Worte hervorstieß, als habe er es mit lauter Tauben zu tun:

»Eine gute Heirat – hätt' er machen können – da hinten – im Blasiwald – eine Wirtstochter – aber der Alt' will nimmer – einen Schwiegersohn, der gesessen hat, dafür, sagt er, bedank' er sich.« –

»Er hat's verscherzt«, jammerte die Großmutter, »er hat's verscherzt – Jesus Maria, er wird keine brave Frau mehr kriegen.«

Jetzt erhob die Bäuerin das Haupt und rasch, beinah heftig stieß sie die Worte hervor: »Brav, nun ja, ich sag' ja nit, daß es ums brav sein nit was gut's ist, aber wie einem die braven Leut 's Leben verbittern können, das glaubt Ihr nit, Bergmänne. Ich hab' nie nix gesagt, ich hab' alles geschluckt, ich hab' denkt, 's muß so sein, weil ich's verdient hab'. Ich war keins von den besten Früchtle in meiner Jugend, die Erst' und die Letzt' auf dem Tanzboden und Flatusen waren mir auch lieber als Grobheiten. Wie der kommen ist – sie deutete auf ihren Mann – und hat mich wollen, da hat meine Mutter gesagt: Jetzt hast einen Braven erwischt, aber für seine Mutter wird's keine Freud' sein, wenn du ins Haus kommst. – In Weg gelegt hat sie mir nix, aber wenn der Bub nit gut mitkommen ist in der Schul', gleich hat's geheißen: das hat er von seiner Mutter, das ist ihr Leichtsinn, der muß ihm ausgetrieben werden. – So ist noch kein Kind gehauen worden wie der Bub, er hat oft nimmer reden können, so hat er sich heißer geschrieen. Kaum war er aus dem Haus, beim Militär, war er recht; nach zwei Jahren haben sie ihn schon frei 'geben wegen seiner braven Führung; er kommt nur heim und gleich geht's wieder los.«

Der Bauer wollte etwas sagen, sie fiel ihm ins Wort: »Nein, nein, reden muß ich – ich muß einmal reden – nit muksen hat er sich sollen und ist doch ein ausgewachsener Mensch; hätt' er ein bisle Freiheit gehabt, sich austoben dürfen wie die andern Burschen auch, er wär' gewiß nit aufs Wildern gekommen, 's hat halt wo 'naus müssen. Schau, Mutter, hat er zu mir gesagt, wann ich nit den paar Hasen eins aufgepfeffert hätt', ich wär' verrückt 'worden bei dem trübseligen Zusammenhocken, mit der ewigen Predigerei. – Ich hätt' weiter geschwiegen und von meinen Gedanken nix vermerken lassen, aber nun hab' ich gered', weil ich's nit vertragen könnt', wenn der Bub' auch so eine Brave bekäm' und hätt's einmal später wie seine Mutter.« – Sie schwieg. Der Bauer hatte sich erhoben und ging unruhig in der Stube auf und ab; die Pfeife war ihm ausgegangen und er fuhr sich immerfort mit dem Finger in seinen Hemdenkragen, als beenge ihn da was. Die Worte der Frau erschreckten und kränkten ihn zugleich; er hatte dies Weib genommen gegen den Willen seiner Mutter und sich alle Mühe gegeben, es jeder recht zu machen. Nun sah er, es war ihm doch nicht ganz gelungen. »Mutter«, sagte er, die Hand auf den hohen Rücken der alten Frau legend, »Ihr seid doch nit bös? Ihr wißt, sie ist nur ein bisle rasch manchmal.« –

»Ich misch' mich in nix, ich misch' mich in nix!« murmelte die Alte.

Sie pflegte das immer zu sagen, so oft Mann und Frau uneins waren und sich über den Buben stritten, und allemal hatte der Sohn erklärt: »Nein, Mutter, Ihr seid die Hauptperson, auf Euch kommt's an!« Heute nahm die Bergmann für ihn das Wort: »Ja, Großmutter, Ihr redet klug, ja wohl, Ihr wißt's halt – der Mann gehört zur Frau und die Frau gehört zum Mann, und was sich dazwischen drängt, das ist von übel. Ihr habt halt dem Leben auch schon eine Weil' zugeschaut, da weiß man wie's geht, gellet? Und daß man die Sonn' nit aufhalten kann in ihrem Lauf und zwei Herzen auch nit, wenn sie zu einander wollen. Mir käm's zum Beispiel wie die reinst' Fügung Gottes vor, wenn die zwei da draußen – sie zeigte mit dem Daumen nach dem Fenster – aneinander Gefallen fänden.« –

»O um Gottswillen nit!« stöhnte die Großmutter auf, »so eine! Nein, das geb' ich nit zu.« –

»Freilich«, sagte die Bergmann, »Ihr mögt ja recht haben, aber er hat's auch einmal nit leicht, der arm' Kerl, denn wo soll die Frau 'rausschlupfen: Brav wie ein Engele Gottes, mit einem netten Vermögen doch auch natürlich, die an ihm nix auszusetzen hat, und ihm auch recht ist – und den Eltern, und der Großmutter dazu! Sonst in der Welt helfen die Alten immer den Jungen; am End' aber macht Ihr auch keine Ausnahm', Großmutter, und ich red' mich umsonst heiser. Herrgott, da schlagt's achte! Schon zwei Stunden 'rum – wenn man sich aber auch so gut unterhalten tut, kein Wunder!«

Sie fuhr in ihren Mantel, ohne dabei die Großmutter aus den Augen zu lassen, die in ihrem Winkel saß und sich nicht rührte.

»Hm ja«, meinte die Bergmann, »so geht's, da fallen einem über einmal wieder die alten Geschichten ein. – Jesses, was hab' ich aber auch für eine gute, gute Großmutter gehabt! Der Vater selig war oft ganz wütig, weil sie mir alleweil beigestanden hat – wann ich Schläg' kriegt hab', oder daß sonst ein Unglück über mich 'nein'brochen ist, allemal ist sie mir so mit der Hand über den Kopf gefahren und hat gesagt: »Gang, Maideli, und hol' dir ein Äpfeli!« – Das hör' ich noch, ich glaub', in meiner letzten Stund' – so eine Großmutter, das ist ein Segen für ein Kind.« –

»Der Mutter ist was!« unterbrach sie der Bauer, »he Mutter, warum schnauft Ihr auch so, ist Euch was?«

»He freilich!« sprudelte die Alte heraus, indem sie sich aufrichtete und die tiefliegenden Augen auf die Anwesenden richtete, »'s wird mir nix sein – ich werd' mir nachsagen lassen, daß ich eine Ausnahm' mach' – daß ich nit auch so eine gute Großmutter sei, wie's die andern sind! Kann ich mehr tun, bei Gott, als daß ich eine zum zweitenmal in dem Haus willkommen heiß', die ich nit auch brav heißen kann.« –

Die Bergmann ergriff die zitternde Rechte der alten Frau: »Ihr machet's halt, wie sie's im Himmel machen, Großmutter, dort ist auch die allergrößt' Freud' über einen Sünder, der Buße tut.«

»Bergmänne«, sagte der Bauer, »sie sollten Euch zum Pfarrer wählen!«

Die Bäuerin sagte nichts, sie geleitete den Gast bis vor die Türe, wo sie einen Augenblick das Gesicht gegen die Schulter der robusten Frau drückte: »Ihr habt ein gutes Werk getan«, flüsterte sie, »vergelt's Euch Gott, Bergmänne!«

Diese schritt mit einem: »Jo jo, schon recht!« in die stille Nacht hinaus. Rechts und links lag der Schnee in hohen Haufen und ein schön gebahnter Weg tat sich vor ihr auf. Sie schritt wohlgemut dahin, über sich den sternenklaren Himmel. »Schau, schau«, sprach sie laut, »was die schon ein schönes Stück weggeschafft haben miteinander – wenn sie das so weiter treiben im Leben, dann brauch' ich mich auch meiner Hinterlist nit zu schämen und daß ich schon mit dem abgekarteten Spiel in der Tasch' zu Licht heraufgekommen bin.«

Sein Amt

In dem feuchten dichten Nebel, der die Straße einhüllte, bewegte sich ein kleines Licht, gleich einem Leuchtwürmchen, bald hüben, bald drüben in der Gasse auftauchend; oft auch verschwand's, um plötzlich nach einer Weile wieder zum Vorschein zu kommen. Jetzt stand's unter einer Laterne still, und die warf ihr vom Nebel getrübtes Licht auf ein geschäftiges Gnomenvölkchen, vermummt bis an die Näschen, mit großen, dicken Zeitungspacken unter den Armen.

Der Wichtigste unter diesem kleinen Volk war aber der mit dem Lichtchen, denn er wurde mit der ausgezeichnetsten Zuvorkommenheit behandelt; ja, die Ergüsse von Zärtlichkeit, womit sie ihn überfielen, waren oft so stürmischer Art, daß er seine liebe Not hatte, auf seinen säbelkrummen Beinchen das Gleichgewicht zu bewahren. Die Hauptsorge aber war ihm sein Laternchen, das er mit einer Schnur um den dicken Shawl gebunden trug, in dem er bis an die Ohren stak. Darüber saß eine mit einem mächtigen gelben Hoffnungsanker gezierte Mütze, die so groß war, daß sie den kleinen Mann wie ein Dach beschirmte.

»Männle«, hatte die Mutter zu ihm gesagt, als sie ihm das Laternchen umband, »das ist dein Amt, du leuchtest den andern in die Hinterhäuser und die Treppen 'nauf, daß sie mir nit Hals und Bein brechen, denn jetzt, daß wir den Vader nimmer haben, jetzt bist du der Mann im Haus, und das mußt auf die Ehr' nehmen und schön bei der Arbeit mithelfen; ihr aber«, wandte sie sich an die beiden größern Mädchen, »ihr haltet ihn an der Hand und paßt auf, damit ihm nix passiert, denn wenn er brav wird und tüchtig, so darf er uns noch einmal alle erhalten.«

Und sie stampften wohlgemut durch den dichten, naßkalten Nebel, das Männle in ihrer Mitte, das mit der Wichtigkeit eines Großwürdenträgers sein Laternchen vor sich her trug. Andre kleine Nachtvögel, angezogen durch den Schein des Lichtchens, hatten sich zu ihnen gesellt, und es war ein Hauptspaß für alle Kinder, immer wieder dem Kleinen sein Laternchen abzuverlangen, worauf er allemal wie am Messer zu schreien begann: »Dasch mei Amt! Dasch mei Amt!«

Sie waren jetzt in der Moltkestraße angelangt, wo links der Wald war, schwarz wie die Nacht, aus der hier und dort ein heller Stamm wie ein Gespenst herausragte, während es so gar unheimlich in dem welken Laub raschelte und krachte. Die Kinder scharten sich enger um den kleinen Laternenträger, der hier, im Westen, nicht mit in die Häuser zu gehen brauchte, wie drinnen in der Stadt, wo man durch dunkle Hinterhöfe mußte, an offenen Kellertüren vorbei, winkelige Treppen hinauf, die ein wütend bellender Hund verteidigte, oder wo eine fauchende Katze saß, mit grün leuchtenden Augen.

Da draußen hatte sich noch ein Mädchen zu den Kindern gesellt, größer als sie alle; sie trug trotz der winterlichen Jahreszeit einen weißen Strohhut mit gelbem Band, der, nach seinem Aufputz zu schließen, eine flotte Vergangenheit hinter sich hatte. Das Mädchen wollte durchaus neben dem Männle gehen, um von seinem Lichtchen zu profitieren, allein so oft sie eine der Schwestern von der Seite des kleinen Bruders wegdrängen wollte, wurde ihr die Weisung zu teil: »Der Männle ist unser Männle, und das Laternle ist unser Laternle.«

Die Große mit dem Strohhut war eben, eine Zeitung aus ihrem Packen lösend, im nächsten Haus verschwunden, als die Ältere von Männles Schwestern die andern Kinder mit einem Pst! Pst! zu sich heran rief.

»Die«, flüsterte sie, der Großen mit einer wegwerfenden Handbewegung nachdeutend, »die gibt nie 'was her, nie!«

Sie rotteten sich zusammen, eng um das Lichtchen, das lauter eifrige, erregte Mienen beleuchtete. »Und sie hat so gute Häuser«, berichtete die zweite von Männles Schwestern, »einen Konditor und zwei Bäcker; sie kriegt immer 'was, ich hab's schon gesehen –«

»Und hat noch nie im Männle 'was 'geben«, unterbrach sie die ältere Schwester, »denkt nur, noch nie!«

Ein Sturm der Entrüstung erhob sich:

»Wißt ihr was, wir machen's ganz einfach so – wir hauen sie durch!« schrie ein kleiner, sehr unternehmend aussehender Junge.

»Ja, du bist gescheit«, fuhr ihn ein mageres, entsetzlich frierendes Mädchen an, »wo sie so stark ist; ich hab' einmal eine von ihr 'kriegt, die denkt mir meiner Lebtag. –«

»Aber wir sind doch Buben, wir zwingen doch so ein Mädle, wenn wir zusammenhalten«, meinte der Junge, indem er sich so gespreizt wie möglich vor das Laternchen hinpflanzte, »schaut mich einmal an, ihr, wer bin ich denn, wenn's gefällig ist? Ein Künstler am Großherzoglichen Hoftheater mit einem Rollenfach und zwei Mark Spielgeld!

Ganz allein, sag ich euch, geh' ich auf das Mädel los, aber ihr müßt mir alle helfen.«

»Ja, ja«, nickte eine von Männles Schwestern, »denn sie hat gewiß wieder was im Sack, und das kriegt der Männle.«

»Hui, hui, jetzt gibt's eine Schlacht«, freuten sich die kleinen Buben, »kommet, kommet alle von den Häusern weg, mehr im Wald zu – der Männle muß leuchten. – Hurra! Hurra! eins zwei drei, liegt sie auf der Nas, und wir plündern sie aus!«

»Aber der Männle kriegt alles«, riefen die beiden Schwestern wie aus einem Mund, und die größere setzte hinzu: »Ihr müßt's versprechen auf ganz gewiß!«

Die Zusage war schwach, und die beiden Schwestern nahmen tief gekränkt ihr Brüderchen bei der Hand und tuschelten ihm ihre Empörung in die Ohren. Aber die andern machten sich nichts daraus, sondern hüpften und sprangen wie kleine Teufelchen in dem rötlichen Scheine des Lichtchens herum, hinter sich den schwarzen Wald. Ohne ihr Geschrei hätte man sie für Spukgestalten halten können, die da im nächtlichen Nebel ihr Wesen trieben.

Jetzt kam die mit dem weißen Hut wieder aus dem Haus heraus, die Kinder stellten sich zum Angriff bereit und ein Hurra aus sämtlichen Kehlen empfing die Ahnungslose. Sie schien aber gleich zu verstehen, um was es sich handelte, denn sie fuhr sofort mit der Hand nach der Tasche und hielt sie fest.

»Heraus mit den vielen guten Sachen«, rief sie der jugendliche Künstler an, indem er, die Mütze schief auf dem Kopf, mit weit zurückgelegtem Oberkörper vor das Mädchen hintrat, die ihn um ein gehöriges Stück überragte. »Glauben Sie vielleicht, mein Fräulein, ich bin niemand? So gehen Sie gefälligst in das Hoftheater – Schauspiel, Oper, Ballet, ich bin immer da – zum Beispiel im Evangelimann bin ich der Knabe mit der Fahne, und im Freischütz, holla, ahme ich die täuschende Stimme eines Leoparden nach und knalle dazu mit der Peitsche. Falls Ihnen sonst noch etwas gefällig wäre?« Er verneigte sich und rückte seine Mütze noch tiefer aufs linke Ohr. Sie flog aber schon im nächsten Augenblick zur Erde durch eine Ohrfeige, die ihm die Große applizierte. Die Tränen schossen ihm in die Augen.

»Ihr feig's Pack«, schrie er seine Helfershelfer an, die unentschlossen herum standen und sich nicht heranwagten, »so haut doch zu, ich halt' ihr ja die Händ' –«

Damit warf er sich blindlings der Großen in die Arme und begann mit ihr zu raufen. Und nun kamen auch die andern herbei, von hinten, von der Seite; Männles Schwestern fielen schleunigst über die Tasche her, in der sich die vielen guten Sachen befinden sollten. Aber die Große verteidigte sich tapfer, sie stieß und schlug und kratzte nach rechts und links, und hatte dabei ihre liebe Not mit dem kecken Bürschlein, das sie fest umschlungen hielt und sie durchaus auf die Erde werfen wollte. Aber sie stand auf ein paar festen, runden Beinen; erst als ihr jemand den weißen Strohhut entführte, verlor sie die Fassung – ihr Hut! ihr schöner Hut! Da schleiften sie ihn auf der schmutzigen Erde hin, ließen ihn durch die Luft fliegen, daß er wie ein Gespenst durch den Nebel fuhr. Nun, die Kopftücher der kleinen Mädchen und die Kappen der Knaben waren auch nicht mehr an ihrem Platz; da unten auf der dunklen Erde, wo die Zeitungsstöße lagen, knäulte sich alles mögliche zusammen, über das man stolperte, worin sich die kleinen Beine verwickelten. Von Zeit zu Zeit stürzte eine der beiden Schwestern mit aufgelösten Zöpfen und rotglühenden Wangen aus dem Kampfgewühl heraus, um nach dem Männle zu sehen und ihm schnell einen Kuß zu geben. Er leuchtete so brav, immer ganz dicht bei der Balgerei; alle paar Augenblicke kam er durch irgend einen Stoß oder Tritt platt auf die Erde zu sitzen, beklagte sich jedoch nie, sondern stand so hurtig auf, als es ihm seine krummen Beinchen erlaubten, um ja den Kämpfenden mit seinem Lichtchen beizustehen.

Sie waren noch in heller Erbitterung, als plötzlich ein schriller, durchdringender Pfiff ganz in ihrer Nähe ertönte, ohne daß man des Nebels wegen jemanden gewahr werden konnte.

Augenblicklich ließen die Kinder einander los, und ihr Geschrei verstummte; jedes suchte nur schnell zusammen, was ihm gehörte; sie wußten, jetzt wurde die Sache ernst, ihr Richter kam, der große Zeitungsbub, den sie alle fürchteten; es sollte zwar eine Ehre für sie sein, wenn er sich zu ihnen gesellte, aber sie mußten sie gewöhnlich teuer bezahlen.

»Hoiho!« rief er sie an, »was gibt's, habt ihr Händel? warum?«

Eine der Schwestern nahm das Wort: »Weil sie dem Männle nie was gibt, drum sind wir auf sie los.«

»Hat sie was?«

»Jawohl«, schrieen sie alle.

»Und da soll der Männle herhalten«, höhnte er, »macht mir nix weiß, Lügenpack, ihr selber habt's gewollt – jeder hat's gewollt – schämt euch in Kreuzboden 'nein!«

Sie schwiegen alle, äußerst betreten, ihre geheimsten Gedanken an den Tag gebracht zu sehen.

»Wo ist's?« wandte sich der Große an die Angeklagte, »heraus damit, wenn ich's sag'.«

Da fing sie an zu heulen; all' die Schmerzen und Püffe; nicht einmal das Hutunglück hatte dieser robusten Natur Tränen zu entlocken vermocht, nun aber griff sie bitterlich schluchzend auf das Geheiß des großen Buben in ihre Tasche:

»Eine Feig' ist's« – preßte sie hervor.

»Eine einzige?«

»Auf Ehr' und Seligkeit.«

»Her mit dem Licht, Männle!«

Der Kleine wackelte herbei und stand wie ein Mäuerchen, während vor seinen Augen die Tasche der Großen ihres Inhalts entleert wurde; da kam zum Vorschein: ein zerknittertes Puppenkleidchen, einige leere Papierdüten, etwas schwärzliches fest zusammengeknäultes, was ein Taschentuch vorstellen sollte, ein zerbissener Federnhalter und eine Anzahl über und über beschmutzter Gelberüben.

»Pfui Teufel, ist das ein Babel«, sagte der Große, angesichts dieser zweifelhaften Schätze, »du Schmierfink, du ekelhafter – halt«, schrie er auf, »da haben wir ihn, den Zankapfel!« und fischte zu unterst in der Tasche, aus einem Häufchen Staub und Sand, die Feige heraus, von der er sofort die Hälfte abbiß.

Ein Schrei der Entrüstung folgte dieser Tat.

»Der Männle, ja und der Männle«, zeterten die Schwestern, indem sie gleichzeitig und fast dem Weinen nahe, ihre Arme um den kleinen Bruder schlangen.

Die im Strohhut war blitzschnell über die Gasse gerannt, und als sie ein gutes Stück von den andern entfernt war, tönte ihre gellende Stimme aus dem Nebel heraus:

»Du, Großer, etsch ausgelacht, ich hab' doch noch eine Feig'!«

Einen Augenblick schien der Verhöhnte Lust zu haben, der Davoneilenden nachzurennen, da fiel sein Blick auf das Kind, das vor ihm stand und mit seinem Laternchen hinaufleuchtete zu dem Gegenstand, den er in der Hand hielt, und an dem die Augen des Kleinen mit rückhaltloser Sehnsucht hingen.

»Ja wohl«, sagte der große Bub, sich zu ihm niederbeugend, »da haben wir sie noch, die halbe Feig' – ausgezeichnet sag' ich dir, ganz ausgezeichnet – ah ah! Die schmeckt besser als zehn Herzlebkuchen, und du sollst sie auch bekommen, natürlich! Aber für umsonst in denen teuern Zeiten? Nein, das gibt's nit; da machen wir halt einen Tausch, gelt? Zum Beispiel, du gibst mir dein Laternle, und ich geb' dir meine Feig'; also, wie denken wir über den Fall, Alterle?«

Tiefe Stille; mit angehaltenem Atem, wie in Erwartung von etwas Ungeheuerlichem standen die Kinder da und lauschten dem Handel. Gegen die Gewalt des Großen, das wußten sie, war nicht aufzukommen, sie konnten nichts machen, wenn der Männle in seinem Unverstand sein Laternchen für die halbe Feige hingab.

Der Kleine seufzte laut: er stand da mit tief gesenktem Köpfchen, so daß sein Gesicht völlig im Schatten war und das Licht der kleinen Laterne nur den großen gelben Hoffnungsanker beleuchtete auf der breiten Fläche seiner Mütze. Das war ein Kampf! Nie in seinem Leben hatte Männle eine Feige gegessen, und nun sollte eine solche auch noch besser schmecken als zehn Herzlebkuchen – und wie gut die waren, das wußte er aus Erfahrung. Das Wasser lief ihm förmlich im Mund zusammen, und er leckte die Lippe wie eine kleine Katze; schon streckte er die Hand nach dem Leckerbissen aus, da fiel ihm ein: Was aber wird die Mutter sagen, wenn ich ohne mein Laternle heimkomm'? Hatte sie ihn nicht einen Mann genannt und ihm ein Amt anvertraut? Wenn er nun diesem um einer Feige willen untreu wurde, würde die Mutter dann jemals wieder sagen, daß er sie einmal alle erhalten dürfe, wenn er groß und brav geworden sei?

»No, was besinnst dich lang?« fuhr ihn der Große ungeduldig an und griff nach dem Laternchen.

Hei, wie der kleine Mann ihn anblitzte, wie's mit einemmal zum Durchbruch kam, das einen Augenblick ins Schwanken geratene Bewußtsein seiner Standesehre! Krebsrot vor Zorn, mit einer Stimme, die wie ein Meßtrompetchen schmetterte, schrie er sein: »Dasch mei Amt! Dasch mei Amt!« Die Hand des Großen mit seinen beiden Fäusten heftig von sich stoßend.

»So?« sagte der, »dann schwub!« Und ließ die zweite Hälfte der Feige in seinen Mund wandern.

Ein langgezogenes grundverächtliches – Aber – ging durch die Reihen der Kinder, dann – ohne Ausnahme, stürzten sie über das Männle her, dem ein paar große dicke Tränen über die Wangen rollten.

»Sei nur still«, trösteten sie ihn, »du bist unser brav's Männle, du hast's ihm gezeigt – grein' nit, Männle, das ist keine Feig' wert – eine Feig' ist gar nix wert.«

Mit einem Hohngelächter, das aber nicht ganz echt klang, wandte sich der Große zum gehen, und merkwürdig – er kehrte auch nicht wieder um, obwohl ihm aus der Schar der Kleinen eine tief empörte Stimme nachrief: »Frißt im Männle die ganz' Feig' weg – so ein uralter Esel, da tät ich mich gerad' zu Tod schämen, wenn ich so einer wär'!«

Nach fünfundzwanzig Jahren

Die Stadt war beflaggt, und alle Glocken läuteten. Die große Parade zur Gedächtnisfeier von Nuits hatte begonnen. Die ganze Mitte des Marktplatzes nahm das Militär ein; rechts und links, an den Fenstern der Häuser zeigte sich Kopf an Kopf; auf der Gasse, fast bis zu den Trottoirs zurückgedrängt, stand das Volk, von den Schutzleuten und Soldaten streng in Ordnung gehalten.

Jetzt schritt der Landesfürst inmitten der Generalität und unter den Klängen des Präsentiermarsches die Front seiner alten Krieger ab. Es folgte das erste Präsentieren für die Gefallenen, sodann führten die Veteranenoffiziere ihre Leute unter den Klängen des Parademarsches an dem Landesfürsten vorbei.

Es stand da unter dem Volk, ganz vorn, eine Frau, die zur großen Belustigung der Umstehenden, sich ohne Unterschied bald mit dem Polizeidiener, bald mit dem Posten herumstritt, die sich immer wieder gezwungen sahen, sie mit einem: Zurück! zur Ordnung zu rufen. Allein das höchst resolut aussehende Frauenzimmer drängte sich schon im nächsten Augenblick wieder aus der Reihe heraus.

»Jetzt höre Sie 'mal«, fuhr endlich der Polizeidiener sie an, »Sie habe zu gehorche und Respekt vor mir zu habe, wenn ich Ihne was sag'!«

»Du lieber Gott, auch noch«, lachte sie auf, »da schaue Sie mich an, ich und Respekt vor jemand habe; den Buckel möcht' mer sich voll lache; was meine Sie dann, warum ich vom Bühlertal rein komm'?«

»Das ist mir ganz einerlei, Sie habe sich ruhig zu verhalte oder Sie gehe da weg.«

»Natürlich, auf der Stell', da kenne Sie mich schlecht; wann eins da her gehört, so bin ich's – ach Herr Jessesle, Herr Jessesle«, schluchzte sie plötzlich auf, »da kommt sie, da kommt mei Kompanie – der ganz' Krieg lang sind mir zusamme g'west – ich und mei Kompanie, ein Herz und ein' Seel' – auf der erst' Blick hab' ich den Schwarze, der Fahneträger, wieder kennt, aber sonst, großer Himmel, habe sich die Manne verändert, z'meist graue Kerle sind's worde; wer isch auch der Offizier, der sie führt?«

Man nannte ihr einen Namen. »Ha, das isch jo mei Leutnant, freilich isch's mei Leutnant, nur der Bart hat er sich wachse lasse, drum hab' ich ihn net gleich kennt; er war damals unser Jüngster; ach Gott, ich weiß noch wie heut', wie er emal ganz verfrore an mei'm Feuerle g'sesse isch, und ich hab' ihm ein Schüssele Kaffee eingeschenkt; er isch damals ein frischbacket's Leutnantle g'west von achtzehn Jahr, ich war neunundzwanzig. Jetzt will ich Ihne was sage, hab' ich zu ihm gesagt, jetzt sind Sie emal gleich net so leichtsinnig, denn Sie habe ein paar unruhige Eltern daheim, und ziehe Sie frische Socke an, denn Sie habe ganz nasse Füß –«

Sie brach von neuem in Tränen aus! »Wer isch denn – ja, wer isch denn der Stelzfuß dort, der Flügelmann im letzte Zug – was isch jetzt das für einer? Ich mein', ich sollt' ihn kenne –«

Der Polizeidiener riß die Frau, die Anstalten machte, »ihrer Kompanie« nachzueilen, zurück.

»Jetzt sag' ich's Ihne zum letztemal, entweder Sie bleibe auf ihrem Platz, oder –«

Sie sah ihn mit blitzenden Augen an. »Mache Sie mich net wild, Sie, indem Sie kein' Respekt habe und zwar vor der Vergangeheit. Was meine Sie denn, wie mir's zu Mut isch, alle die wieder zu sehe, mit dene ich jung war; jetzt sind mer alt, viele hat's koscht', Gott hab' sie selig, dazwische hat mer hingelebt und 's meist' vergesse; heut steht's wieder uf; jung sein isch schön, Herr Polizeidiener, aber heut' möcht' ich net mal mit Ihne tausche, und wenn noch so viele Leut vor Ihne Respekt hän – ha, schau doher!« jubelte sie auf, »als hätt's ihne mei guter Engel gesteckt, stellt sich mei Kompanie geradewegs vor meiner Nas' auf – He, he!« rief sie den ihr gegenüber stehenden Veteranen zu, »ich bin's jo – kennt ihr mich denn net? Ich, ich –«

Die Männer sahen die rundliche, lebhaft gestikulierende Frau, deren dunkles Haar ein leichter Reif bedeckte, verständnislos an, und der Polizeidiener triumphierte schon: »Habe Sie's jetzt gesehe, kein Mensch will was von Ihne wisse.«

Allein eh' er sich's versah, stand die Frau mitten auf dem Platz vor dem Bataillonskommandeur.

»Sie, Herr Leutnant, ich bitt' Ihne um alles in der Welt, bin ich denn so eine alte Hutzel worde, daß Sie die luschtig' Weber-Mine nimmer kenne?«

»Was!« der Offizier packte die Person an beiden Schultern und schüttelte sie, »richtig, das sind Ihre schwarzen Augen, und bei Gott, die schönen Zähne sind auch noch da!«

»Gelle Sie«, rief sie aus, »und die dumme Kerle kenne ei'm nimmer!«

Der Offizier wandte sich um: »Es ist die Weber-Mine, unsere Marketenterin, ihr Leute!«

Das war eine Freude, ein Geschrei, sie vergaßen alle, daß sie in Reih' und Glied zu stehen hatten, und stürzten auf die Frau zu; viele umarmten sie, die anderen schüttelten ihr die Hände, und jeder fragte sie 'was anderes.

Nur einer war nicht gekommen – der Stelzenmann war auf seinem Platz geblieben, und als die Frau ihn mit ihrem Blick suchte, begegnete sie dem seinen. Und nun wußte sie, wer er war, und von dem Augenblick an lag's ihr wie ein Dämpfer auf der Freude, daß sie nur noch halb auf die Worte der Männer hinhörte, die sie bestürmten: »Du kommsch heut abend zur Feschtfeier, gelt, Weber-Mine, wir müsse zusamme anstoße – gelle Sie, Herr Major, sie gehört dazu, sie isch so gut unser Kamerad wie jeder andere?«

Sie nickte nur und sagte ja, dann stellten sich die Veteranen wieder in Reih und Glied, und die Veteranin kehrte auf ihren Platz zurück. Der Polizeidiener behandelte sie jetzt mit der ausgesuchtesten Höflichkeit, und sie war der Gegenstand der Neugier für alle Umstehenden: aber sie bemerkte nichts davon, sondern stand in Gedanken verloren ihrer Kompanie gegenüber, bis diese sich in Bewegung setzte.

Das also war aus dem Steiner geworden, aus dem jungen Soldaten, dem sie einst gut gewesen, bis ein anderer ihn aus ihrem Herzen verdrängt. Sie hatte es damals nicht Wort haben wollen und die Blinde und Taube gespielt, aber trotzdem hatte sie es bemerken müssen, wie aus dem stillen, zurückhaltenden und ordentlichen Menschen auf einmal ein Trinker geworden war, der ausgelassene Reden führte und von dem es da und dort in der Kompanie hieß: der Steiner ruht nicht, bis er eine Kugel hat, der tut wahrhaft Gott versuchen, so tollkühn stellt er sich an.

Und er hatte seine Kugel gekriegt, aber sie, die Weber-Mine, hatte damals ihren eigenen Kampf zu kämpfen und keine Zeit, an Steiners Schicksal zu denken.

Des Abends in der Festhalle traf die Marketenderin wieder mit ihrer Kompanie zusammen. Eine mehr als tausendköpfige Menge trieb sich in dem mächtigen Saal herum, dessen Galerien bis hoch hinauf von der jungen Mannschaft besetzt waren. Lebende Bilder aus den Feldzugstagen des Regiments wurden aufgeführt, und der Landesfürst hielt an seine alten Soldaten eine Rede, die ihnen ein Hochgeschrei entlockte, das wie Donnerschall durch den Saal brauste.

Erst zu vorgerückter Stunde fand das Bankett statt. »So, jetzt kommt mer endlich auch zu Wort«, sagte die Weber-Mine, nachdem sie mit ihrer Kompanie an einem Tische Platz genommen, »das isch ja alles recht schön, aber immer nur gucke und horche, das macht eine tatkräftige Natur, wie ich eine bin, ganz kaput. Jetzt, Ihr Manne, do wäre mer wieder bei'nander!«

»Alte Köpf' habe mer kriegt«, schrie einer, »ich hab' siebe Bube, wer noch?«

In kurzer Zeit hatte die aus vierzig Mann bestehende Kompanie ausgerechnet, daß sie eine Nachkommenschaft von hundertundfünfzig Buben und Mädeln aufzuweisen hatte, auf deren Gedeihen alsbald ein Glas geleert wurde.

Die Marketenterin und der Stelzenmann ihr gegenüber trafen sich mit dem Blick und stellten dann plötzlich wie auf Verabredung ihr halbvolles Glas auf den Tisch.

»He, Weber-Mine«, rief einer, »hascht du net auch Famill'?«

»Ich bin allei'«, gab sie zur Antwort, »der Mann isch vor sechs Jahr g'storbe, Kinder hab' ich keine.«

»Hui, das war eine Lieb' damals«, meinte einer der Männer, »wißt ihr noch, d' Weber-Mine und ihr Bergerle? Er war so ein geschniegelt's Bürschle und hat uns alle den Rang abgelaufe; von kei'm hat sie was wisse wolle, als von dem –«

»Lasse mer die alte Zeite«, meinte sie, einen verlegenen Blick auf den ihr gegenüber sitzenden Stelzfuß werfend, der jedoch nicht aufsah, sondern sein Essen mit der Aufmerksamkeit eines Menschen genoß, dem nicht alle Tage was Gutes beschert wird.

»Aber«, sagte einer der Männer, »wir nenne die alte Kriegskamerädin immer noch Weber-Mine und müßten doch eigentlich Frau Bergerle zu ihr sage –«

»Gott bewahr'«, fiel sie dem Mann ins Wort, »ich bin immer d' Weber-Mine g'west, auch verheirat', und die bleib' ich, und wär' ich so dumm, und tät noch emal heirate.«

»Sie scheint net ganz vergnügt g'west zu sein in der Eh'«, meinte einer.

»Net b'sonders«, warf sie hin.

»Herrgott«, schrieen sie durcheinander, »und hat ihren Schatz mitte aus'm Feuer geholt, damals –«

»Ja, ja, der Feind war auf der Höhe und hat in die Marschkolonne 'neingeschosse – der Bergerle isch gefalle, und über ei'mal bleibt d' Weber-Mine mit ihrem Wage zurück, schleppt ihren Schatz daher und ladet ihn auf –«

»Kreuzelement, und nachher hat er net emal der Herr im Haus sein derfe!«

Die alte Markedenterin schlug auf den Tisch: »So will ich net daher gered' habe, denn nix Dümmers auf der Welt, als das Regischtriere: do gehört der Mann hin, do gehört 's Weib hin! Manchmal isch halt der Mann 's Weib und 's Weib der Mann, und das schmeißt alle Grundsätz' über den Haufe. Ich für mei' Person stamm' von einer martialische Großmutter ab – immer mit dem Pfeifle im Mund und zwei Schnapsflasche in den Rocktasche, so isch sie daher komme, denn das ware ihre russische Gewohnheite; sie hat den Feldzug mitgemacht von *anno* 13 und isch mit der Medail' zurückkomme und einer schöne Pension, dafor, daß sie in Rußland drinne irgend ein' hohe Herr, der verwundet war, auf dem Buckel über den Berg Sinai trage hat –«

»Potz Wetter!« lachten die Zuhörer auf, »der isch ja in der Bibel –«

»Sie wird die Beresina meine«, sagte der Stelzfuß, »was ein großer Fluß in Rußland ist –«

»No ja«, unterbrach ihn die Weber-Mine, ich bin damals noch ein kleines Mädele g'west, wie sie's verzählt habe, da weiß ich's halt nimmer so recht. Weber-Klein hat sie geheißen und isch in Durlach daheim g'west. Wenn ich mich auf der Gass' mit dem Bubevolk so recht 'rum'balgt hab', hat mei Vader immer g'sagt: ›Die isch ihr nämliche Großmutter, die kennt auch kei Forcht auf der Welt.‹«

»Daß du aber nachher grad den Bergerle genomme hasch«, meinte einer der Männer, »das hätt' ich dir damals schon sage könne, daß der –«

»Lasse ihn in Friede ruhe«, unterbrach ihn die Frau, wobei sie einen Seufzer unterdrückte.

Sie hatte es schon eine Weile mit angesehen, wie einer der aufwartenden Soldaten immer wieder vorsprach, um aus dem Glase des Stelzenmannes zu trinken.

»Isch das Euer Sohn? wandte sie sich an den Veteranen.

Dieser schüttelte das Haupt. »Ich bin net verheirat', ein Krüppel, der nur wenig verdienen kann, isch just kein begehrter Artikel; es isch der Schwester Bub. Ich hab' sie zu mir genomme; im Spätjahr isch sie gestorbe; es hat mir recht leid getu'.«

»Ja, der Steiner hat's bös getroffe«, meinte einer der Männer.

»Ha, net so übel«, sagte der Stelzenmann, »ich bin sonst gesund, und wenn d' Schwester und der Bub net g'west wäre, hätt' ich's ganz kommod gehabt mit meiner Invalideunterstützung und was ich sonst beim Kappenmacher verdien'. Für drei war's freilich ein bisle knapp, aber wenn der Bub aus den Koschte isch, hab' ich's gut.«

Es wurden in diesem Augenblick ein paar Liter Wein auf den Tisch gesetzt, und die Weber-Mine gab die Erklärung: »Den spendier' ich, denn ich kann's, ich hab' ein schönes Gütle im Bühlertal, mit einem rentablen Weingeschäft –«

Sie schenkte ein und erhob ihr Glas: »Möge mer alle mit'nander noch lang lebe und gesund bleibe! Wer von euch Manne kann sage, daß ihm sein Geschäft über zweitausend Märkle im Jahr einbringt? Ihr schweigt? No ja, da habe mer's jo, ich kann's sage und bin's einzig' Weib unter euch; daß sich so eine net ducke mag und in Hintergrund stelle laßt, werdet ihr begreife – Steiner, Ihr solle net immer dem junge Soldat Euer Glas hinschiebe, Ihr sollet selber trinke«, wandte sie sich an den Stelzenmann.

Der lächelte: »Wenn einer nur ein Bein hat, tut er besser, sich den Kopf frei halte.«

»Ich bin der Ansicht«, sagte sie, »daß auch die jung' Mannschaft den Abend mit Verstand und net im Dusel genieße soll; ein Exempel solle sie sich nemme an unsere Veterane, und sich umschaue, ob einer laut isch oder wüscht tut und seine Disziplin vergesse hat. Nei, den gute Ton aus ihrer alte Zeit habe sie nach fünfundzwanzig Jahr wieder mitbracht, eine gute Gesinnung und ein schön's Benemme. Drum bleib' du nur auch nüchtern, du Grünschnabel«, wandte sie sich an den jungen Soldaten, »damit du's bei hellem Kopf mit ansehe magsch, wie unser Kompanie sich zu halte versteht, net nur vor dem Feind, sondern auch vor die Flasche.«

»Ame!« riefen die Männer aus, »Mine, das war eine Red', wie gestoche, Mine, du sollsch lebe!«

Der Stelzenmann war der erste, welcher die Festhalle verließ. Die Nacht war schön und mild, der Himmel voll Sterne; der Mann schritt langsam dahin, und das harte Aufstoßen seines hölzernen Beines war der einzige Laut weit und breit. Steiner seufzte leise auf; alte Erinnerungen hatte ihm der Tag gebracht, alte Gefühle und Schmerzen.

»Merkwürdig«, sprach er vor sich hin, »da meint mer, wenn's emal den Fünfzig zugeht, da sei alles vorbei – 's isch net wohr – 's kann ei'm als noch ebbes nah' gehn.« –

Ja, ja, sie war eine bildhübsche Person gewesen, die Weber-Mine mit ihren schwarzen, blitzenden Augen, in die er viel zu tief für seinen Seelenfrieden hineingeschaut hatte. Eine Zeitlang war sie ihm auch gut gewesen, hatte ihn den anderen vorgezogen und ihm das Versprechen gegeben: Dich nehm' ich und sonst keinen – da kam der Bergerle – er sah ihn noch mit seinem blonden, schön frisierten Scheitel, dem gewichsten Bärtchen und den Grübchen in den Wangen; ein Benehmen hatte er wie ein Leutnant, und Steiner erinnerte sich, wie besonders linkisch, ungeschickt und blöd er sich immer neben dem Bergerle vorgekommen war, der ihm denn auch schließlich das Mädchen weggefischt hatte.

»Merkwürdig!« murmelte er wieder vor sich hin, »und nun ist der glücklich Bergerle schon tot, und ich, der Krüppel, bin noch da –«

»Steiner«, sagte plötzlich eine Stimme neben ihm, so daß er jäh zusammenschrak und ihm der Herzschlag einen Augenblick aussetzte, denn es war der alte Klang ihrer Stimme, jener Ton, der seine Seele einst in Freud' und Leid erbeben gemacht; seltsam, diese Stimme nun in der Nacht sprechen zu hören, deren Dunkel die veränderten Züge verbarg.

»Steiner, ich hab' dich gehe sehe, ich bin dir nach – ich weiß, ich hab' dir weh getu' – wolle mer net nach fünfundzwanzig Jahr Friede mache?«

»Ha, natürlich, lieber Gott, ich hab' keine Feindschaft nimmer, bisch jetzt so alleinig als ich, wenn du auch viel glücklicher g'west bisch.«

»Das fragt sich, Steiner.«

»Was, hätt' er dich schlecht behandelt?«

»Wie mer's nimmt.«

»Geschlage?«

»Das wär' noch 's wenigste g'west, denn das wär' net ein zweit's Mal passiert; nei, zum Schlage versteigt sich so einer net, aber denk' dir, einen Mann, der von morgens bis abends jammert, bald hat er ein bißle 's Kopfweh, bald einen Stich im Rücke, über alles isch er ängstlich, meint gleich, er müßt' sterbe und heult wie ein alt's Weib – mit so ei'm hab' ich lebe müsse, mit so einem miserablen Kerl ohne Knoche und Mark, der, wenn der Hund im Hof bellt hat, sich in sein Bett vergrabt und schreit: Mine, Mine, schau nach, 's isch ein Dieb im Haus! Vor jeder Arbeit hat er sich drückt, vor jeder Anstrengung hat er getu, als tät sie ihn beiße – so ein nichtsnutzigs elendigs Gewächs Gottes, das war *mei* Mann – aber ich will ihm nix Schlechts nachgesagt habe, denn er isch tot und mag auch weger mir selig worde sein. Ich hab's ja net anders verdient für mei Feigheit; ja, Steiner; ich bin ein einzig's Mal in mei'm Lebe feig g'west, damals, nachdem ich ihn aus'm Kugelrege 'raustrage hab' – ich leg' ihn auf mein Wage und fahr' zu und denk' in meiner Todesangst: wo um's Gott'swille hat's ihn troffe? Isch er am End' gar tot, daß er so blaß daliegt und kein Muckser tut? Und wie mer aus'm Schlimmste 'raus sind, schau ich nach, wend' ihn und dreh' ihn, find' aber nix, keine Wund', keinen Hieb, net emal einen Streifschuß – ha Kerl, sag' ich, dir fehlt ja nix! Da macht er d' Auge auf: was, betäubt bin ich – eine fürchterliche Ohnmacht hab' ich gehabt – aber schon im nächste Augeblick schreit er laut auf: Ich bin doch verwund't – Jesses, Jesses, ich blut', ich blut'! Sei still, sag' ich, das kommt von mei'm Arm – ich hab' die Kugel kriegt, wie ich dich geholt hab'. – Steiner, und mit dene Schmerze, mit dene Schmerze hat sich der gesund' Mensch von mir aus'm Feuer trage lasse!«

Eine Pause entstand, dann sagte der Veteran: »Am Tag drauf hab' ich mei Kugel kriegt.«

»Ich weiß, ich weiß, aber selbig'smal – du glaubsch net, wie's in mir zugange isch, wie ich den Kerl veracht' hab' und's doch net z'weg bringe könne, von ihm zu lasse. Das war mei Feigheit, ich hab' den Mut net gehabt, mei'm Herze weh zu tue. Ich sag' dir nur eins, Steiner, wenn du's knapp gehabt hasch, ich hab's schwer gehabt, und ich hab' oft denkt: mit'm Steiner wär's anders ausgefalle –«

Sie blieb stehen und ihre dunklen Augen spähten nach seinem Gesicht: »Du bisch jetzt allei, ich bin auch allei, und war unser Lebenssommer net schön, ein guter Winter isch auch was wert; ich mach' keine lange Umständ' – 's wär' mer wie eine heilige Vergeltung, könnt' ich dir dafür, daß ich dich in der Jugend angeführt, jetzt im Alter gute Täg' mache; darf ich, Steiner?«

Sie wartete eine Weile, und da der Mann gesenkten Haupte vor ihr stand, ohne zu reden, nahm sie wieder das Wort: »Brauchst dich net zu geniere, Steiner, ich geh' schon lang auf Freiers Füße, ich möcht' eins habe, das mir d' Auge zudruckt, wann ich sterb', und die Beruhigung im Jenseits, daß mei schön's Anwese in gute Hände isch. Drum wär' mir's besonders lieb, weil ich mit dir auch gleich einen netten Erben in Kauf bekäm', denn daß ich's nur grad sag', der jung' Soldat hat mer gefalle, er könnt' dein ausg'schlupfter Sohn sein. Nu, wie lang besinnst dich noch?«

»Hm«, meinte er, »ich könnt's halt net vertrage, wenn mei Weib einen anderen Name führe wollt, als meiner.«

»Mannshochmut!« fuhr sie auf, »wo ich doch alles mitbring'! Und was soll ich denn mache, wenn's halt die Leut' einmal gewöhnt sind, mich d' Weber-Mine zu nenne?«

»Du sollsch's ihne verbiete.«

»Potz Wetter, tusch's net anders?«

»Nei.«

»Dann gut' Nacht!«

Sie lief nach rechts, er nach links, aber schon nach ein paar Schritten blieb sie stehen. Klipp, klapp, tönte der Stelzfuß durch die stille Nacht, klipp, klapp – tönte es wie eine Mahnung an ihr Gewissen: er wär' vielleicht heil und gesund und kein einsamer Mann, wenn du ihn nicht in die Verzweiflung getrieben hättest. Sie beugte sich vor und lauschte, ob er nicht auch stille stand und sich nach ihr umsah. Aber er ging weiter, und sie erinnerte sich, daß er damals auch so stille, ohne ein Wort zu sagen, fern geblieben war, nachdem sie ihre Liebe dem anderen zugewandt hatte.

»Steiner! Steiner!« sie rannte ihm nach und blieb atemlos vor ihm stehen, »trenne mer uns net, Steiner, schau, wie ei'm in der Jugendzeit die Lieb plagt, so plagt mich jetzt d' Achtung, d' Achtung vor dei'm Benemme, daß ich mein', 's müßt sein, daß ich dir's schön und gut mache dürft' – gell ja? Wenn ich dir sag', ich häng' in Gottesnamme mei berühmten Name an den Nagel und sag' in jedem, der mich in Zukunft noch Weber-Mine nennt: auf der Stell' nenne mich Frau Steiner! Isch's recht so?«

Er nickte: »Ja, so muß es sein, denn grad weil ich ein Krüppel bin, muß ich was auf mich halte.«

In diesem Augenblick ertönte der mehr als tausendstimmige Gesang der Wacht am Rhein von der Festhalle her und erfüllte die Nacht mit seinem Gebrause.

Der Veteran riß den Hut vom Kopf, und den Arm um die Schulter der alten Kriegsgefährtin legend, stimmten sie mit einer solchen Begeisterung in das Vaterlandslied ein, als gelte es einen neuen Kampf zu kämpfen, einen neuen Feind zu besiegen, heimlich aber flossen ihnen dicke Freudentränen über die gealterten Wangen hinab.

Die Rechnung ohne den Wirt

Die Sonne neigte sich den westlichen Bergen zu. Ein herrlicher Heuduft entströmte dem schmalen, langgestreckten Menzenschwander-Tal und überall, so weit das Wiesenland reichte, sah man rührige und tätige Menschen, alle beflissen, den reichen Heusegen unter Dach zu bringen.

Da kam ein Bub aus dem Dorf gelaufen, gerade auf den nächsten Heuwagen zu, der eben mit kühnem Ruck von der tiefer gelegenen Wiese auf die Landstraße fuhr. Ein junger Bursch führte die Kuh, der Bauer ging mit der Peitsche nebenher; an ihn wandte sich der Bub: »Mayer Fidel, Ihr sollt schnell zum Pfitz in Lade komme; 's isch ein Herr da von Karlsruh, ein Professor soll's sein.«

»Ein Professor?« verwunderte sich der Bauer, »Sepp, fahr' zu! Will geh' schaue, was so einer von mir kann wolle; ich hab' nix getan und bin gottlob kei'm Mensch' was schuldig.« Er wischte sich den Schweiß von der Stirn und trat zögernd in das gleich am Eingang des Ortes liegende Lädchen mit seiner Auslage von Holzwaren, wie sie in dem kleinen Schwarzwalddorf und dessen Umgegend angefertigt wurden.

Der Sohn fuhr das Tal entlang nach Hintermenzenschwand, dessen tiefdachige Höfe sich in zerstreuten Gruppen bis zu den Füßen des Feldbergs hinzogen. Die Straße verengerte sich, der Bursche fuhr eine Anhöhe hinan und von dieser direkt auf den Heuboden des rauchgeschwärzten Bauernhofes.

Eine junge Dirne half beim Umladen des Heues, war noch einmal so flink als der Bursche, und fand trotzdem noch Zeit, alle paar Augenblicke den Kopf zur Dachluke des Heubodens hinauszustrecken. Der Bursche hatte ihr gesagt, wo der Bauer geblieben war, und als sie ihn heimkommen sah, kletterte sie rasch wie eine Katze an der in die Scheune führenden Leiter hinunter und trat vor die Haustür. Da stand auch schon die Bäuerin, das Gesicht mit einem Tuch verbunden, daß nur eine kleine, dicke Nase und ein paar verschwommene Äuglein von ihr zu sehen waren. »Eh au, Mayer-Fidel«, rief sie dem Bauern entgegen, »schon im ganzen Dorf weiß man's, daß Ihr mit einem professorische Herr hintereinander komme seid!«

Er grinste schadenfroh: »Natürlich, natürlich, gleich ist's da, das wunderfitzig Weibervolk! Geht aber nur mich 'was an, mich und den Sepp, und euch gar nix! Sepp!« schrie er, den Kopf nach der Stalltüre wendend, schob sich neben der dicken Mitbewohnerin vorbei und trat in seine Stube. Die Frauen folgten ihm jedoch auf dem Fuß, und als das Mädchen behauptete: »Was den Sepp angeht, geht gerad' so gut mich an«, schalt der Bauer sie einen frechen Spatz und wollte sie zur Tür hinauswerfen. »Eh au«, legte sich die Alte ins Mittel, »müssen Ihr denn immer händle mit'nander? 's Cilli meint ja nur, daß uns der Sepp so lieb isch, wie ein Eigenes, und des könnt Ihr dem Maideli doch nit in übel nehme!«

»Alles nehm' ich der Krott übel«, erklärte der Bauer und fuhr in gleichem Atem den höchst gelassen eintretenden Burschen an, warum er so lang auf sich warten lasse? Er nahm auf der Bank hinter dem Tisch Platz und legte die Arme übereinander, während Cilli vor Ungeduld fast verging.

»So setz' dich doch!« rief ihr die Mutter von der Ofenbank zu, »mir werde schon noch eine Weil' Geduld habe müsse –.«

Sie kannte den Hausgenossen und wußte, daß es kein größeres Vergnügen für ihn gab, als die Leute zu foppen und sich wichtig zu machen. Er war ein hageres, von innerem Ehrgeiz verzehrtes Männlein, der es trotzdem in seinem Leben zu nichts gebracht hatte. Er suchte sich einigermaßen dadurch zu entschädigen, daß er wenigstens gegen die Mitbewohner des Hauses den Überlegenen hervorkehrte und sich bemühte, ihnen das Leben so sauer wie möglich zu machen.

Allein in Cilli war ihm allgemach ein kräftiger Widerpart erwachsen; sie wußte recht wohl, daß dem Mayer Fidel das Prahlen vor leeren Stühlen kein Vergnügen war. »Komm, Mutter«, sagte sie, »mir gehe, mir brauche uns nit zum Narre halte lasse!«

»Hi, hi«, höhnte der Bauer, »als wenn ich nit wüßt', daß eher die Welt unterging, als daß ihr die Stube verließet, bevor ihr nit g'hört, was ich weiß. Jo, jo, ich red', ich sag's, weil ich ein gutmütiger Mann bin, und nit so einer, der 's Best für sich b'halt; ganz 'was anders tätet ihr verdiene, denn wert seid ihr – nix, aber ich bin gerecht. Und so drum: wer kennt ihn nit zu Menzenschwand, wer hat nit schon hundertmal vom hier geborenen Franz Xaver Winterhalter gehört? Mei Vader selig isch mengmal mit g'laufe, wenn der alt' Fidel Winterhalter mit seine Bube drübe im Berg Schwämmle g'sucht hat. War geringer Leut' Kind, der Franz Xaver, und isch ein berühmter Mann worde, der nur noch an Fürstetafle 'gesse hat. Jo, jo, so geht's, so kann's über einmal gehe. – Zieh' dich an, Sepp, mach' dich fein, wir geh'n in Adler, dort sitzt der Herr Karlsruher Professor; er hat deinen verzierte Holzrahme beim Pfitz im Lade g'seh', und jetzt soll ich dich bringe und wirsch sehe, eh' du dich's versiehsch, da hasch's und bisch berühmt, und sie hänge dein Bild, auch wie 'm Franz Xaver seins, beim Bürgermeister in der Stube auf. So, ihr Weibsleut, jetzt habt ihr's, und wenn ihr dran erstickt, so kann mir's recht sein!«

»Eh au, eh au!« rief die Bäuerin aus und schlug ihre dicken Hände ein übers andremal zusammen, »eh, das isch jetzt auch ein Glück, eh, isch's denn auch möglich, der Sepp ein Berühmter!«

Die Cilli sagte nichts; sie stand am Fenster und rieb mit ihrer Schürze die Scheibe blank.

Vater und Sohn verließen die Stube; kein Wunder, daß der Alte so vergnügt seiner Wege trippelte. Endlich kam's, endlich sollte er's erleben, der Sepp konnte ihn reich machen.

»'s erscht isch«, zischelte er neben seiner Pfeife hervor, »wir kaufe den Hof, und die Lenze und 's Cilli, – 'naus, 'naus mit dem Weibervolk! Vielleicht heirat' ich wieder, vielleicht auch nit, denn 's müßt eine sein, reich, jung und schön. Jetzt leg' dich an Lade, Sepp, und sei nit blöd und sag dem Herr, was du kannsch, denn wenn du unser Glück jetzt nit machst, wo's vor der Tür steht, hau ich dich kurz und klein.«

Der Sepp schwieg, was von jeher seine Haupteigentümlichkeit war; schon in der Schule sah er immer aus, wie aus den Wolken gefallen, so oft eine Frage an ihn gestellt wurde, denn statt aufzupassen, schnitzte er allerlei Männlein und Tierlein in den Schultisch und ließ nicht nach, so viele Strafen ihm auch diese Nebenbeschäftigung eintrug.

Er war jetzt zweiundzwanzig Jahre alt, sah aber mit seiner schmächtigen Gestalt und seinem schmalen Mädchengesicht wie achtzehnjährig aus. Der Militärdienst ward ihm erlassen, denn er litt an einer Schwäche an den Beinen, was ihm von der englischen Krankheit, die er als Kind gehabt, zurückgeblieben war. Solang er lebte, war er nicht aus seinen Heimatbergen hinausgekommen; ihn kümmerte es wenig, was draußen in der Welt geschah; er hätte nicht einmal gewußt, was der Nachbar trieb, wenn ihn Cilli nicht über die Ereignisse des Dorfes auf dem Laufenden gehalten hätte. Sie hatte das, was ihm zum Vorwärtskommen abging: Energie und Ehrgeiz.

Das Ereignis mit Sepp, und was sein Vater über dessen Zukunft gesagt, hatte denn auch ein lebhaft bewegtes Nachspiel.

Die Frauen waren hinübergegangen in ihre eigene Wohnung, eine Stube, in der die peinlichste Sauberkeit, die schönste Ordnung herrschte; auf einem Tisch am Fenster stand ein Stickrahmen, sorgsam mit einem Tuch umhüllt.

Mutter Lenze hatte sich mit dem Ausdruck vollkommener Ratlosigkeit auf einen wackeligen Holzstuhl niedergelassen, und so, die Augenbrauen bis unter das Kopftuch gezogen, die Hände auf die Knie gestützt, schaute sie ihre Cilli an, die dünn wie ein Gertlein vor ihr stand und unter heftigem Schluchzen erklärte, sie wolle auch berühmt werden, gerad' so berühmt, wie der Sepp, denn sie sei ihr Leben lang klüger gewesen als er, und ob das die Mutter nicht sagen müsse, daß er alleweil ein Daps gewesen sei?

»Eh au, freilich!« gab die Bäuerin zu, »ein rechter Daps, aber gut z'habe, kein bös' Aderle isch in dem Bub, und g'schickt isch er auch, das isch g'wiß, recht g'schickt isch der Sepp.«

»So, und ich?« schrie Cilli, »hab ich nit, wie ich noch ganz klein war, allemal die schönste Strümpf' zur Ausstellung in die Schul' 'bracht? Und meine Gitterstopfet, der Maschestich und erscht mei Muschtertuch! Hab' ich nit eine Belobung kriegt von der Frau Großherzog? Und wenn sie erscht mei Goldstickerei sieht?«

Sie riß das Tuch von ihrem Rahmen und wies diesen energisch der Mutter hin.

»Eh au, freilich!« rief die Bäuerin aus, indem sie die feinen Goldblättchen auf schwarzem Sammet vorsichtig mit dem Finger betastete, »aber gelt, 's Müschterle hat dir der Sepp zeichnet?«

»Was isch ein Müschterle«, fuhr Cilli auf, »ich könnt's gerad so gut selber, wenn ich wollt! Mir hat d' Industrie-Lehrerin g'sagt, schöner wie ich täten sie nit einmal in Karlsruh im Kurs sticke.«

»Jo, jo, d' Industrie-Lehrerin«, seufzte die Alte, »die hat viele neue Mode zu uns 'rauf 'bracht; wem wär's auch früher eing'falle, sich alleweil zu wasche und so viel d' Fenschter aufz'sperre? Mer hat auch g'lebt, und viele sind recht alt worde, die nie ein Lüftle in ihr Stube g'lasse.«

Sie erhob sich und watschelte zum Kachelofen, auf dem ein großer Topf stand.

»Komm«, sagte sie, »hol 's Brot aus der Lade, mir wolle z' Abend esse.«

Sie schenkte den schon mit Milch gemischten Kaffee in zwei irdene Schüsseln, setzte sich nieder und ließ sich mit Behagen vier, fünf Schüsseln des schwärzlichen Getränkes schmecken.

Nicht so Cilli; sie stand am Fenster und lugte aus, wurde erst rot und dann blaß, als sie die beiden kommen sah, und fragte sich im stillen: Ob der wüscht Mayer Fidel an der Tür vorbeigeht, oder nit?

Er kam herein, mit einem Gesicht wie ein Hahn, der zu krähen gedenkt, den Sepp nach sich ziehend, der unwillig folgte.

»Cilli, geh hol zwei Schüssele!« sagte die Lenze. »Ihr trinke doch ein bißle Kaffee?«

»Bewahr' mich Gott!« schrie der Bauer, »trinkt die alt' Schnitzbrüh' selber! Unsereins hat mit dem Herr Professor Braten gespeist, einen ausgezeichneten Braten, und er hat gesagt, ein Talent sei er, der Sepp, ein Talent, und er will ihn nach Karlsruh in die Kunstgewerb-Schul' nehme; ich soll nach St. Bläsi zum Landsvader gehe und ihn bitte, daß er dem Sepp ein Stip – Stip –«

»Ho ho«, höhnte die Cilli, »der Mayer Fidel weiß nix!« Er erhob seinen Stock, aber die Cilli flüchtete sich hinter den breiten Tisch, an dem die Lenze noch immer saß und Kaffee trank und kopfschüttelnd die Dinge gehen ließ, wie sie gingen. Da schnitt der Mayer Fidel dem Mädchen eine Nase: »Berühmt werde mir aber doch, da beißt keine Maus den Fade ab, und wenn dich der Zorn halb umbringt!«

»So weit sind wir noch nit«, meinte das Mädchen, »denn leicht könnt's sein, daß Ihr die Rechnung ohne den Wirt macht, und, und dann isch's Lache an mir!«

»O!« schrie Cilli, nachdem die Hausgenossen die Stube verlassen hatten, »der schlecht' Mensch, der falsch', heimtückisch'! Zur Tür 'naus g'hört er g'worfe, und Ihr bleibt sitze, Mutter, und saget kein Wort und lasset ihn schimpfe und schelte und mich mit Verachtung behandle!«

»Weisch, Maideli, er isch einmal so; ein dürrer Ast treibt keine Blüte, das kann man nit verlange; aber unterhaltlich isch er darum doch, und ich kann's oft nit erwarte, bis der Mayer Fidel heimkommt, denn er weiß alleweil ebbes Neu's.«

Cilli seufzte, nahm ihr Strickzeug und ging damit hinters Haus. Hier war ein schmaler, mit Dielen ausgelegter Platz unter dem weit vorstehenden Dach, das noch den friedlich plätschernden Brunnen deckte.

Längs der Wand des Hauses war das zum Bearbeiten bestimmte Holz in schönen, gleichmäßigen Scheiten bis zum Dach aufgebaut.

Es dämmerte, der Sepp saß, in Betrachtung verloren, auf seiner Schnitzbank und pfiff vor sich hin. Der junge Mensch war wie eins mit dem Frieden rings umher, mit dieser anspruchslosen, Poesiedurchwobenen Abendlandschaft, deren Schönheit seine künstlerisch veranlagte Seele stets von neuem erfreute.

Als Cilli erschien, entfuhr ihm ein Seufzer; er wußte, jetzt kamen die Vorwürfe; denn sie, mit ihrem Eifer, das, was sie als recht erkannt, zu verteidigen und durchzusetzen, begriff den Jugendgefährten nicht, für den es nichts Schrecklicheres gab, als Händel, und der sich um des Friedens willen lieber alle möglichen Unterlassungssünden zu schulden kommen ließ. Aber Cilli blieb heute stumm; sie stand mit hochroten Wangen da, strickte, wie besessen, darauf los und erweckte in dem Burschen das unbehagliche Gefühl, daß ein Sturm im Anzug war. Schüchtern sah er nach ihr hin, räusperte sich und meinte: »Fort soll ich von daheim –«

Cilli zuckte die Achseln, als sei ihr das ganz einerlei; im nächsten Augenblick jedoch knäulte sie ihren Strickstrumpf wie einen Lumpen zusammen und warf dem Jugendgefährten einen zornglühenden Blick zu: »Und wenn du dann so ein großer Herr bischt, wie dem Winterhalter sein Bild beim Bürgermeister, kommscht dann auch ersch wieder heim, wenn du alt bisch?«

»Was denksch!« der Bursche schüttelte heftig das Haupt, »ich will ja nur 's Anmale lerne, so wie der Pfitz die Holzware von Nürnberg kriegt; weisch, mit Farbe drauf; bei uns kann's keiner, und das möcht' ich lerne.«

»Un bisch dann ein Berühmter?« erkundigte sich Cilli.

»'s wird nit so arg sein«, meinte er.

Sie sprang auf: »Und bisch's, – bisch's, – so, so wart' nur, dann sollsch auch 'was an mir erlebe!« –

Was, davon hatte sie freilich selbst keine Ahnung, sie war sich nur des einen bewußt: der Sepp durfte ihr nicht über den Kopf wachsen, und sein Vater, der Mayer Fidel, nicht recht behalten.

Sepps Vater kehrte mit der Nachricht von St. Blasien zurück, es sei alles in Ordnung, der Landesvater freue sich sehr, daß der Sepp nach Karlsruhe komme, und er wolle auch alle Tag nach ihm sehen und ihm die ganze Residenz zeigen, flunkerte er dazu.

»Eh au, Maideli«, sagte die Lenze-Mutter zu ihrer Cilli, »was bisch auch so unstet auf einmal, tragsch mir ja alle Ruh' aus dem Haus! Setz' dich lieber her und hilf mir ein bißle im Sepp seine Wäsch' ausbessere; das will ich nit erlebe, daß er wie ein Kesselflicker aussieht, wenn der Landesvater nach ihm schaue tut. Nei, seine Wäsch' muß in Ordnung sein, und wenn ich von meinem eigene Sach' hergebe muß!«

So kam die Aussteuer zu stand, gering genug, denn sie hatte reichlich in der uralten, wurstförmigen Reisetasche Platz, an der das Schloß fehlte, das aber die Lenze mit einer dicken Schnur zu ersetzen wußte. Cilli rannte alle Tage ein paarmal ins Vorderdorf, zur Industrie-Lehrerin, mit der sie gar Wichtiges zu verhandeln hatte, und die es ihr immer wieder in die Hand hinein versprechen mußte, ihrer besten Schülerin zu gedenken, sobald die Landesmutter nach St. Blasien komme.

So war Cilli, als für Sepp die Abschiedsstunde schlug, der einzige Held und sah den Jugendgefährten ohne Tränen im Innern des Postwagens verschwinden. Sepp machte den Eindruck eines Menschen, der ins Gefängnis abgeführt wird. Sein Vater dagegen gebärdete sich um so lauter, schrie nach dem Reisesack, der auf der Decke des Postwagens lag, schwitzte vor Angst, den Zug in Titisee zu verfehlen, und fing Händel mit dem Kutscher an, der nicht vor der üblichen Stunde abfahren wollte. Als sich der Omnibus endlich in Bewegung setzte, hatte die Lenze-Mutter bereits ihre ganze Schürze von oben bis unten mit Tränen durchnäßt.

In Karlsruhe nahmen sich zwei Kunstgewerbeschüler des welterfahrenen Schwarzwälders an; der Professor, der sich für Sepp interessierte, hatte die jungen Leute darum gebeten, sich ihres schüchternen Mitschülers zu erbarmen. Sie ließen ihm ein Bett in ihrer Stube herrichten und nahmen ihn mit zu ihrem Mittagstisch. Allein ihr strammes Wesen, sie waren Norddeutsche, ihre rasche Art, zu sprechen, waren wenig dazu angetan, dem ungewandten Schwarzwälder die Zunge zu lösen. Sie hielten ihn mit seinem mädchenhaften Erröten und den verwundert aufgerissenen Augen für ein Wesen untergeordneter Natur, das nicht ernst zu nehmen sei. Sepp, der das wohl empfand, hüllte sich in seinen Bauerntrotz und setzte den Reden und Fragen der jungen Leute ein unwirsches Kopfschütteln entgegen. Sie ließen ihn bald in Ruhe und gingen des abends ihrer Wege, Sepp seinem Schicksal überlassend. Aus Angst, sich zu verlaufen, traute er sich nicht aus der Zähringerstraße heraus, – er wohnte in derselben, – und ging nun unablässig die Gasse auf und ab, nach einem Lädchen spähend, das ihm unansehnlich genug erschien, um es wagen zu dürfen, sich darin sein Abendbrot zu kaufen. Er lag immer schon lang im Bett und schlief, wenn die beiden Schlafkameraden lärmend und guter Dinge in die Stube gestürmt kamen. Ihr Schwatzen und Lachen riß ihn aus dem Schlaf, eine unbeschreibliche Sehnsucht nach den Lauten seiner Heimat preßte ihm das Herz zusammen, so daß er zu winseln begann wie ein junger Hund, was sich allmählich zu einem verzweiflungsvollen Schluchzen steigerte. Als kein Fragen, kein Fluchen und Schelten ihn zum Schweigen brachte, kamen die Brüder miteinander überein: »Er muß ›Haue‹ haben, damit er wenigstens weiß, warum er brüllt.«

Dies geschah, und Sepp dachte bei sich selbst: ›Wär' ich wie die Cilli, dann ließ ich mir's nicht gefallen.‹

Er selber aber machte keinen Versuch, sich gegen die wacker Zuhauenden seiner Haut zu wehren.

In der Kunstgewerbe-Schule zeigte er sich dann freilich von einer anderen Seite; was sich die Genossen mit Mühe anzueignen suchten, das ging ihm alles wie spielend von der Hand. Allein die freundlichsten Ermunterungen, das beste Lob, das ihm der Professor zu teil werden ließ, alles prallte an dem jungen Menschen ab. In ihm lebte nur ein Wunsch, eine Sehnsucht: sobald als möglich heimzukommen. Und als er die ersten Anfänge der Zeichenkunst inne hatte und ein wenig mit den Farben umzugehen verstand, hielt er sein Ziel für erreicht, sagte keinem Menschen ein Wort, packte sein Bündelchen und fuhr nach Haus.

Aber der Mayer Fidel war nicht der Mann, die große Zukunft des Sohnes so leichten Kaufes aufzugeben; er brachte ihn wieder nach Karlsruhe zurück und verabschiedete sich von Sepp mit der Versicherung: »Wenn du wieder kommsch, bring' ich dich um!«

Der Professor nahm sich nun des jungen Menschen besonders an: »Es wäre schade«, sagte er zu ihm, »wenn Sie Ihre Zeit nicht aushielten, denn was Sie bis heute gemacht, zeigt eine entschiedene Begabung für das Ornament. Sie fangen schon an, die verschiedenen Stilarten in ihrer Eigenart zu begreifen, wie ich aus Ihren Arbeiten ersehe. Nun braucht's noch, um Neues schaffen zu können, das Studium der Tier- und Pflanzenwelt, und ich hoffe, es lockt Sie doch mehr, ein tüchtiger

Zeichner zu werden, dem die ganze Welt offen steht, als auf Ihrem Schwarzwald zu sitzen und Schachteln anzumalen.«

Was den Sepp mehr lockte, erwies sich gleich in den nächsten Tagen, indem er abermals eine Flucht ins Werk setzte; er wurde jedoch bei seinem Vorhaben ertappt, und von nun an bewacht, wie ein Verbrecher. Er bekam nie mehr Geld in die Hand, als er für den Tag brauchte, und wenn seine Schlafkameraden des Abends oder am Sonntag ausgingen, mußten sie den trübseligen Schwarzwälder, weder zu ihrem, noch zu seinem Vergnügen, überallhin mitschleppen.

Sepp fügte sich anscheinend, und der Professor glaubte, schon gewonnen zu haben; denn der junge Mann zeigte sich in seinen Arbeiten so tüchtig, daß der Lehrer seine helle Freude an ihm haben mußte.

Es war an einem köstlichen Frühlingssonntag; die Kinder kamen mit großen Buschen Palmenkätzchen aus dem Wald, in dem alle Vögel jubilierten.

Die Kameraden Sepps, ihren Schwarzwälder hinter sich, wollten durch den Wald zum Schützenhaus gehen. Sepp weigerte sich, mit ihnen einzukehren, und da sie wußten, daß er ohne Geld war, ließen sie ihn laufen. Er träumte von einer neuen Flucht, und wie sie ohne Mittel wohl zu bewerkstelligen sei. Auf dem Weg, parallel mit dem seinen, schritt ein langer Zug von jungen Mädchen, die zwei und zwei mit einander gingen, lustig plaudernd, mit Palmensträußen in den Händen. Einige der Mädchen trugen ländliche Trachten, und Sepp, der eben mit einem scheuen Blick nach der fröhlichen Schar um die Ecke biegen wollte, blieb plötzlich wie versteinert stehen. Träumte er denn, war er denn bei Verstand? Wandelte da nicht ein goldgesticktes Häubchen vor ihm her, so wie es die Frauen in seiner Heimat trugen, schwarzgrundig, mit flatternden Bändern? Dem Sepp hatte es förmlich den Atem versetzt, er rannte über die Wiese, direkt auf den Zug los, den Blick wie verzaubert auf das goldigflimmernde Häubchen gerichtet, stolperte über eine Baumwurzel und fiel auf die Nase. Einige der Mädchen wandten sich nach ihm um, ein Gekicher entstand, er richtete sich verlegen auf, – da, wer war's, der vor ihm stand und ihm beide Hände hinstreckte: »Sepp, Sepp, o, grüß dich Gott!«

»Cilli!« schluchzte er auf und fiel ihr um den Hals; sie lachten und weinten und waren so fassungslos in ihrer Freude, daß der ganze Zug still stand und dem Schauspiel zusah.

Das Mädchen fand sich zuerst wieder, schnell schob sie den Sepp, der ihre Hand nicht freigeben wollte, von sich weg. »Geh' geh'!« flüsterte sie ihm zu, »das gehört sich nit, daß du da nebe mir herlaufsch!«

Aber dem Sepp fiel's nicht ein, das so unverhofft gefundene Stückchen Heimat so schnell wieder los zu lassen.

»Seit wann bisch denn hier?« fragte er, das Mädchen mit einem seligen Lächeln anblickend.

»Im Jänner bin ich komme«, gab sie rasch, um ihn los zu werden, zur Antwort. »Die Industrie-Lehrerin hat's im Sommer bei der Frau Großherzogin ausgewirkt, daß ich in Karlsruh einen Kurs mitmache darf.«

»Und du haltsch's aus?«

»Versteht sich!«

»Ich sterb' vor Heimweh.«

»Schäm' dich!«

»Komm, mir lasse alles liege und stehe und geh'n heim.«

»Seiner Lebtag nit«, fuhr sie auf, »was solle denn d' Leut' denke, wenn wir gerad' so dumm heimkomme, als wir gange sind! Und ich bitt' dich, jetzt geh'! D' Aufseherin hat schon zweimal herg'schaut.«

Er machte jedoch keine Anstalten, und durch die Mädchenreihen ging ein leises Gekicher. Cilli wußte sich nicht zu helfen. Er tat ihr ja im Innern recht von Herzen leid, – sein Gesicht war so mager geworden, und wenn er sie mit seinen blauen, unbeschreiblich kindlichen Augen ansah, war ihr gerade, als müsse sie ihn wirklich und wahrhaftig bei der Hand nehmen und mit ihm laufen, laufen, bis sie in ihren Bergen ankamen. Aber dann, – ja dann waren sie beide nichts geworden, und die alte Armedei fing von vorne an. Nein, eins von ihnen mußte Mut haben und Standhaftigkeit, und das war sie!

Sie schluckte ein paarmal, dann wandte sie dem Jugendgefährten ein völlig wütendes Gesicht zu: »Auf der Stell' gehsch deiner Weg! – Ich will nix von so einem Daps, wie du einer bisch – wenn du ein bißle Ehrgefühl hasch, so laßsch mich jetzt in Ruh!«

Völlig niedergedonnert blieb er stehen und starrte dem Zug nach. Daß die Jugendgefährtin, gleich nachdem sie gesprochen, unter heftigem Schluchzen ihren Weg fortsetzte, das konnte er freilich nicht sehen, sondern dachte nur das eine: »'s Cilli mag mich nimmer, – 's Cilli war herb zu mir!« –

Nun war er ganz verloren, nun war alles aus! Er ging heim, packte unter Tränen seine paar Sachen in den urväterlichen Reisesack und verfügte sich damit in die Wohnung seines Professors. Der, ganz betroffen über das verstörte Aussehen des jungen Mannes, fragte teilnehmend, was ihm sei, und Sepp gab zur Antwort: »Der Vader isch g'storbe, ich muß heim.«

Das, hatte er sich in seinem Gram ausgedacht, müsse wirken, und so war's in der Tat; der Professor gab ihm das nötige Geld zur Heimreise, und Sepp fuhr davon.

Als er St. Blasien im Rücken hatte, und die Gebilde seiner Heimatberge sich vor ihm auftaten, – da nahm sich der Bursche in seinem tiefsten Innern vor: »Mich soll niemand mehr von daheim fortbringe!«

Und er blieb fest, ließ den Vater schimpfen und keifen und nahm seinen alten Platz ein, hinter dem Haus, auf der Schnitzbank. Wenn er auch kein Berühmter geworden war, so viel wenigstens hatte er gelernt, daß er mit seinen eigenartigen Holzschnitzereien mehr als das doppelte wie früher zu verdienen vermochte. Und wenn sein Vater jammerte: »Jetzt könnt' der Kerl ein zweiter Franz Xaver Winterhalter sein und in dem gepriesenen Italien sitze, wo's immer warm sein soll«, – da dachte der Sepp: »Mein Heimatlüftle isch mir lieber, und wenn's noch so frisch von den Berge weht.«

Aber ganz zufrieden war er darum doch nicht; es fehlte etwas in dem öden Haus, das Leben, die Bewegung, es war so langweilig.

Wenn die Lenze-Mutter des Abends ein wenig vors Haus, zu dem Burschen saß, fing er immer an: »Ihr müsset 's Cilli nit so lang von daheim fort lasse, 's tut kei gut, glaubet mir! 's wird hochmütig da drunte, wartet nur, bis es Euch auch anfahrt, wie's mich angefahre hat; geschämt hat sich's meiner, und drum rufet's zurück, rufet's zurück, Lenze-Mutter, bevor's der Hochmutsdeufel ganz verderbt hat!«

»Eh au, eh au«, jammerte die Frau, »wenn ich auch nit so dumme Finger hätt', ich tät ihm ja gern schreibe, 's soll heimkomme, aber mit dene Finger, was isch da zu mache?«

»He, Lenze-Mutter, das Schreibe besorg' ich Euch gern«, bot sich der Sepp an, »Ihr brauchet darum nit bekümmert zu sein, das isch gleich geschehe.«

Er ging ins Haus, und die Lenze-Mutter folgte ihm, ganz gerührt vor Dankbarkeit, so daß sie gleich mit Nadel und Faden kam, um dem Burschen die aufgetrennte Naht seiner Weste am Rücken zusammen zu nähen. Dabei schrieb er, das heißt, er zeichnete mit einer seltenen Leichtigkeit ihr beiderseitiges Wohnhaus auf den Briefbogen hin, ganz wie es war, mit dem tiefen Dach, sich selber, wie er an der Schnitzbank saß, und unter der Türe stand die behäbige Gestalt der Lenze-Mutter, wie sie, das Gesicht mit der Hand beschattend, die Gasse entlang lugte. Um das Bildchen herum zeichnete er, wie zum Abschluß, ein allerliebstes eigenartiges Ornament, dessen Mittelpunkt ein rotfarbenes Herz bildete, das lichterloh brannte. Darunter standen die wenigen Worte:

Liebe Cilli!
Du sollst auf der Stell heimkommen!
Dieses will Deine Dich liebende Mutter
und Dein Dich liebender Sepp.«

Vierzehn Tage später, an einem Sonntag, in der Früh', kam die Antwort. Die Lenze-Mutter öffnete das Schreiben und sagte zum Sepp, den sie nicht erst hatte herbeirufen müssen:

»Geh', lies mir auch das nett Briefle; ich hab' so gar dumme Auge; wann ich nur 'was Geschriebenes seh', isch mir's gerad, als ob die Buchstabe Fangis miteinander spiele täte.«

Schon die Anrede: »Liebe Mutter!« ergriff ihr leicht gerührtes Herz, und sie ließ sich's nicht nehmen, während der ganzen Dauer des Briefes darauf los zu schluchzen, als erfahre sie daraus die traurigsten Dinge der Welt. Daß dem jedoch nicht so war, bewies der Gesichtsausdruck des Mayer Fidel, der auf den Strümpfen herbeigeschlichen war und an der halboffenen Türe lauschte.

Der Inhalt des Schreibens war folgender:

»Liebe Mutter!
Wie mich das schöne Bildlein gefreut hat, das der Sepp auf das Briefpapier gezeichnet, kann ich unmöglich mit Buchstaben ausdrücken, obwohl ich im Schönschreiben noch weiter hier gekommen bin, als in der Schul', wo ich bereits die Best' war. Allein, ich werde von hier nicht abreise, ehe ich nicht meinen Stick-Kurs vollendet und die Kleidermacherei. Ich kann mir gratulieren, daß mich ein gütiges Geschick in Gestalt der Frau Großherzogin hieher befördert hat, denn nicht nur die Handarbeit, auch alle gute menschliche Eigenschaften werden mit erzogen, und ich habe schon viel zur Vollendung meines

Charakters beigetragen. Denn besonders in der Schadenfrohheit bin ich noch nicht über dem Graben, und ich muß noch etwas Bescheidenheit lernen, wie es mir unsere liebe Vorsteherin, Fräulein Bedenk, sehr warm ans Herz gelegt. Aber einmal will ich es doch noch, bevor ich mich ganz verändert, sagen: Der Mayer Fidel soll sich nur auch bei der Nas nehmen; warum hat er immer so ein Getu gehabt mit dem Sepp und mich meiner Lebtag verachtet? Da hab' ich's freilich gemacht, wie die Geiß, die man zwickt, und die Hörner geweist, was mir jetzt noch als eine wüste Gewohnheit anhängt. Aber bis zum Juli hab' ich's hoffentlich weg, sowie meine anderen Fehler, und dann komme ich heim als geprüfte Stickerin und Kleidermacherin. Ihre Königliche Hoheit haben sich schon die Ehre gegeben, bei mir Bestellungen zu machen: Zwei Hauben und zwei Mieder, wofür ich mich gnädig bedankt habe. Der Sepp soll aber nicht meinen, daß es mir damals im Hardtwald mit dem Daps Ernst gewesen; ich hätte ihn ja sonst nicht los gebracht. Aber wissen tu' ich jetzt, daß er 'was kann, und ich nicht allein, denn wir alle im Kurs, wenn wir noch so schön sticken können, wie's ans Mustererfinden geht, sind wir oft meistens auf den Kopf gefallen. Darum auch war meine Freude groß über das schöne Ornament, das der Sepp um die Zeichnung gemacht hat, und ich habe es gleich durchgepaust. Nur das Herz habe ich heraus, weil man sonst etwas meinen könnt'. Alsdann habe ich es Fräulein Bedenk aufrichtig gestanden, daß nicht ich das Muster erfunden, sondern der Sepp, da wir nicht nur erwerbungsfähig, sondern auch tugendhaft aus dieser schönen Anstalt scheiden sollen. Es ist nur schad', daß der Mayer Fidel nicht auch ein Mädel ist und so einen Kurs an seine Besserung wenden kann, denn dann müßte er seine Prahlerei klar einsehen und sich's gestehen, daß er die Rechnung ohne den Wirt gemacht. Der Sepp ist, Gott sei Dank, kein Berühmter geworden, und ich dagegen habe mir auch schon etwas Achtung verdient, denn wenn der Sepp schöne Muster zeichnen kann, so kann ich sie sticken, und so Gott will, werden wir einstens wohlhabende Leut' und bleiben ewig zusammen bis an unser seliges End', wie ich es mir immer vorgenommen habe.

      Eure unvergeßliche

              Cilli.

Entweder – oder

»'s kommt mir nüt uf d' Gegnig (Gegend) an,
Z' Herrischried im Wald –«

singt Hebel, und wer da oben nichts zu tun hat, nimmt lieber seinen Weg wo anders hin, als in das hochgelegene Dorf des Hauensteinerlandes, wo noch der Schnee in hohen Haufen liegt, wenn jenseits des rauhen Striches längst die Matten grünen.

Nun aber war nach einem kalten Mai schließlich doch ein leidlicher Juni ins Land gekommen, so daß auch die Fluren rings um Herrischried sich anschickten, ihr sommerlich Gewand überzuziehen.

Der Nachmittagsgottesdienst war zu Ende, die Kinder drängten ins Freie, und das Landvolk stand in Gruppen beisammen vor der Kirche oder vor dem Wirtshaus. Da und dort sah man oft plötzlich unter den meist dunkelgekleideten Bauern einen leuchtend roten Punkt auftauchen, das ›Fürtuch‹ oder den Brustlatz jener alten Mannen, die ihrer ›Montur‹ treu verblieben waren und mit ihrem tief in den Nacken gekämmten Haar, dem schwarzen, kurzen Samtschoben und den weiten, vielfach gefältelten Pluderhosen ein ehrwürdiges Bild darboten.

Die Tracht der jüngeren Männer war längst eine halb städtische geworden, anders die Frauen, die noch jene hohen schmalen Hauben trugen, mit den eng das Kinn umschließenden Bändern.

Eine solche Frau, deren Antlitz gar lieblich aus der dunklen Umrahmung des Häubchens herauslugte, hatte mit ihren vier kleinen flachshaarigen Knaben einen holperigen Wiesenpfad eingeschlagen.

Allein, wenn auch die junge Mutter lieb und freundlich mit ihren Kleinen scherzte und ihre Fragen bereitwillig beantwortete, so oft hüben oder drüben am Weg ein Paar auftauchte oder Eltern mit ihren Kindern in die Wiesen zogen, flog über des Weibes Züge ein stiller Gram, und das kecke Näschen, das durchaus nur in ein frohes Gesicht paßte, stand alsdann mit den traurig blickenden Augen im hellsten Widerspruch.

Mit eins – die Frau hatte ein Weilchen vor sich hingesonnen – nahm sie ihre beiden Kleinsten energisch bei der Hand und kehrte mit so raschen Schritten ins Dorf zurück, daß ihr die größeren Knaben kaum zu folgen vermochten. Ihr Weg ging an der Kirche vorbei schnurstraks zum roten Ochsen, wo sie vor einem der niedrigen Fenster des Wirtshauses Halt machte; da es nur angelehnt war, stieß sie's auf und streckte den Kopf in die Wirtsstube, rechts und links einen Blondkopf; hinter ihr aber tauchte noch der Große auf, der sich der Mutter auf den Rücken geschwungen hatte.

»Ruft ihm, ruft dem Vater«, flüsterte sie ihren Kleinen zu, und die begannen alsbald kräftiglich loszubrüllen, und ihr Geschrei übertönte sogar das wüste Tun in der Wirtsstube, allwo bereits wacker darauf losgezecht und gehändelt wurde.

»Strittmatter-Hannes«, fuhr diesen der Wirt an, »so schau doch auf, da sind deine Flachsköpf.«

Da erhob sich einer und näherte sich wankenden Schrittes dem Fenster, ein Hüne von Gestalt, dem das gelbblonde Haar tief in die breite, niedrige Stirne fiel; seine Nase war stumpf, aber sein Mund schön und freundlich und voll der herrlichsten Zähne.

Strittmatter ging allein unter den jüngern Männern in der Tracht, die er mit Stolz trug, da er wohl wußte, daß er darin aussah wie das Urbild eines Alemannen, die in solcher Echtheit nur noch unter den Strittmatterschen zu finden waren.

Er streckte die Hand aus und nahm zwei von den kleinen Burschen ohne weiteres beim Schopf und ließ sie vergnügt in den Lüften zappeln.

»Die werden euch noch zu schaffen machen, ihr Mannen«, rief er in die Wirtsstube hinein, »wenn einmal vier von meiner Art die Faust rühren!«

Als aber sein Weib bat:

»Komm mit, Hannes, bleib' nicht bis zur Nacht –« lachte er roh auf.

»Oho, soll ich dir auch noch am Schurzbändel hängen, wie das Kindervolk?« warf ihr die Buben in den Schoß und schlug das Fenster hinter ihnen zu.

Frau Strittmatter verfügte sich in ihren Hof, der der schönste war im ganzen Dorf; sie hieß die Kinder in den Garten gehen und nahm dann ihre Haube ab, den Sonntagsstaat fein sorglich in eine stattliche Kommode mit uralten Schlössern unterbringend. Dabei blieben ihre Augen wie in Gedanken verloren an zwei grob gemalten, aber höchst lebensvollen Ölbildern hängen, die nebeneinander über der Kommode thronten und zwei Männer darstellten, in der Hotzentracht, aber von grundverschiedenem Äußern.

Es war unschwer zu erkennen, daß der mit dem schmalen klugen Gesicht der Vater Mareis, der andere aber mit der niedrigen Stirne, dem Blondhaar und dem Stiernacken der Strittmatter war.

Beide ›große Bauern‹ und nächste Nachbarn, lebten sie in ewigen Händeln und Meinungsverschiedenheiten, bei denen aber der Strittmatter stets den Kürzeren zog, denn wenn er auch dem Nachbarn an Körperkraft bei weitem überlegen war, der Alois Eby war der Klügere, und das Ende vom Lied war immer, daß der Strittmatter sich fügen mußte.

Er war noch keine Fünfzig, da traf ihn unversehens mitten in einem heftigen Streit der Schlag, und der große urkräftige Mann stürzte zusammen wie eine gefällte Eiche. Er starb an seiner eigenen Kraft, sagten die Leute, und der Sohn, der Hannes, war nun Herr im Haus.

Er war von derselben Statur und Gemütsart wie der Vater, der ein strenges Regiment geführt hatte und seinen Buben, wenn er sich widerspenstig zeigte, kurzweg zur Türe hinauswarf mit der Weisung:

»Komm mir so bald nicht wieder vors Gesicht.«

Da stellte sich dann der Hannes regelmäßig beim Eby drüben ein und verbrachte seine Strafzeit mit der kleinen Marei, die allemal in die Hände klatschte vor Vergnügen, wenn sie des Nachbars Buben auf die Gasse fliegen sah.

Als nun, wie es zu erwarten war, die Nachbarskinder sich zusammenfanden und Marei dem Vater unter Tränen beteuerte, lieber sterben zu wollen, als vom Hannes zu lassen, da sagte der Alois Eby nicht nein, wohl wissend, daß in der Sache nicht viel mehr zu helfen war, aber er nahm sein Mädel bei der Hand und sprach, das ›Tubakpfifli‹ auf die Seite legend, was er nur bei ganz besonders ernsten Fällen tat:

»Sterben, Mareile, ist noch lang nicht so arg, als ein Leben voll Unfried und Qual; der Hannes ist so, wie er ist, kein unebener Mensch, aber laß ihn zum Trinker werden, dann wird er ein roher Gesell wie sein Vater einer war. Drum merk' dir's wohl, Mareile, und laß dir's Heft nicht aus der Hand winden, sondern sag' dir's alle Tag von neuem; entweder – oder! entweder du hältst deinen Hannes unter dem Daumen, oder du kriegst Schläg', wie sie die selige Strittmatterin vom Alten 'kriegt hat.«

Der Hannes mit seinen zweiundzwanzig Jahren war nun Herr eines stattlichen Hofgutes mit einem Stall voll Vieh und einem Keller voll Wein, den ihm sein blühendes Weib von sechzehn Jahren nur zu willig kredenzte. Kein Wunder, daß ihm der Kamm schwoll, aber er trieb's noch mäßig, so lang drüben sein Schwiegervater lebte. Der alte Mann lag Abend für Abend am offenen Fenster, die kurze Pfeife im Mund, und lauerte auf das Heimkommen des Schwiegersohnes. Und wie er dessen Vater bezwungen, kraft seines überlegenen Verstandes, so bezwang er auch den Sohn. Allein in einer kalten Winternacht verkühlte sich der Alte an seinem Lauerposten, bekam die Lungenentzündung und starb.

Die Marei aber mußte erfahren, daß sie in ihrem jungen Glück es ganz verpaßt, die Worte des Vaters zu beherzigen, und manches Stündlein saß sie mit verschlungenen Händen auf der Ofenbank, in tiefes ›Simulieren‹ versunken, wie sie es wohl anstellen könne, den Karren, der nun einmal verfahren war, wieder herauszuziehen. Wie oft hatte der Vater in der ersten Zeit ihrer Ehe den Finger gegen sie erhoben:

»Mareile, Mareile, entweder – oder –«; und einmal hatte er auch hinaufgedeutet zur Strittmatterschen Giebelstube. Dort wohnte die alte Frau seit dem Tode ihres Mannes und strickte Strümpfe für ihre Enkel.

Nach jener Nacht, als die Marei es erlebt, und der Hannes sie zum erstenmal geschlagen, kam sie herauf, denn ihr Vater lebte nicht mehr und einer Seele mußte sie sich anvertrauen.

Sie ergriff die alte Frau beim Arm und rüttelte sie, wie um sie ihrer Stumpfheit zu entreißen:

»Großmutter, Großmutter, er hat mich geschlagen!«

Die Alte hüstelte: »So sind sie, man muß es halt tragen.«

»Ich nicht«, schrie das junge Weib, »ich kann nicht, ich will nicht!«

»Sie sind ja nicht bös«, sagte die Alte, »es ist nur ihre Kraft, die muß halt wo 'naus.«

* *
*

Die Giebelstube war leer, die alte Dulderin lag auf dem Kirchhof neben ihrem Peiniger und ein schöner Vers sprach von der glückseligen Wiedervereinigung der Gatten. Für Marei aber war die Alte das Gespenst des Hauses geblieben, und immer wieder fuhr's ihr durch den Sinn: Das ist deine Zukunft, so eine wirst auch du, und da oben in der Giebelstube sitzen, von keinem Menschen heimgesucht, denn der ist mit Recht zu verachten, der sich behandeln läßt wie ein Hund.

Was aber ihr größter Kummer war: die Kinder hatten es schon etlichemal, durch das wüste Toben des Vaters aus dem Schlaf geweckt, mit ansehen müssen, wie er die Hand gegen ihre Mutter aufhob.

Nein, das darf nicht wiedergeschehen, sagte sich Frau Marei, dem muß ein End' gemacht werden.

Und sie schob die Kinderbetten in die Wohnstube und wartete dann seufzend der Heimkunft des Gatten.

Das Lumpenglöcklein hatte längst ausgetönt, als der Strittmatter-Hannes mit der Faust gegen die Haustür schlug, denn er konnte die Klinke nicht finden.

Frau Marei kam mit dem Licht und holte ihren schwankenden Gatten herein. Er bemerkte sofort, daß die Kinderbetten nicht an ihrem Platz standen, erhob ein großes Geschrei und befahl der Frau, die Kinder hereinzuholen. Sie weigerte sich, es zu tun. Da riß er die Tür auf und stieß die kleinen Bettladen mit solcher Wucht über die Schwelle, daß die Büblein jäh aus dem Schlafe fuhren und nach der Mutter schrieen. Aber der Ehemann befahl ihr, ihm die Stiefel auszuziehen, und da sie nicht ganz bei der Sache war, sondern während des Geschäfts zu ihren Kleinen hinschaute, nahm er das für eine Beleidigung und warf ihr die dicke, silberne Taschenuhr ins Gesicht. Marei schrie laut auf, denn die Uhr hatte sie gegen das Nasenbein getroffen, so daß ihr das Blut in dicken Tropfen am Gesicht herniederlief. Da ertönte hinten aus der Ecke, wo die Kinderbetten standen, die Stimme ihres Ältesten:

»Wart, wart, Vater, wann ich hinter dich komm'.«

Strittmatter brach in ein schallendes Gelächter aus, er wollte von seinem Lager aufstehen, allein die Glieder gehorchten ihm nicht, und in weniger als zwei Minuten lag der Mann im tiefsten Schlaf.

Am andern Morgen sah's bei den Strittmatters so freundlich und friedlich aus, als sei das Geschehnis der Nacht nur ein böser Traum gewesen. Frau Marei war freilich etwas blaß und über ihrem Nasenbein klaffte eine Wunde.

Der Hannes sah zuweilen verstohlen nach ihr hin, und damit sie ja nicht von dem, was vorgefallen, rede, erzählte er die schnurrigsten Dinge, wie er's ihnen wieder gezeigt am vergangenen Abend, daß sie alle nur Lumpenkerle seien neben ihm, und der Spaß wäre groß gewesen, wie er nach einander vier Mannen ohne Aufhaltens zum Fenster des ›Ochsen‹ hinausgeworfen habe.

Er redete noch, als die Türe aufging und jene vier Bauern hereinschlürften, alle in einem Zustand, der Strittmatters Beschreibung vom Abend vorher nicht Lügen strafte. Sie setzten sich neben einander auf die Ofenbank und der eine hub alsogleich an:

»Es tut mir leid, aber gestern habt Ihr's doch ein bisle zu arg getrieben, Strittmatter, und darum, wenn Ihr nicht wollt, daß wir's an den Bürgermeister bringen, so haltet nur gleich ein schönes Wehr- und Schmerzensgeld bereit, denn wir sind nicht gesonnen, zu unsern Beulen auch noch den Schaden zu haben.«

Der Strittmatter-Hannes schaute die vier kläglichen Männlein vergnüglich an und brüllte laut auf vor Pläsir, als sie auf seine Frage, ob sie schon ein Fäustlein, wie er eines habe, gesehen, einstimmig mit ›nein‹ antworteten. Hierauf zeigte er sich sofort bereit das Verlangte herzugeben, ohne sich in ein Feilschen oder Handeln einzulassen, denn mit dem Bürgermeister wollte er nichts zu tun haben, da er wohl wußte, daß die Aufdeckung seines Lebenswandels ihm nicht gerade zur besondern Ehre gereicht hätte.

Als Strittmatter, nachdem er die armen Schlucker befriedigt, bemerkte, daß ihm das bare Geld ausgegangen war, holte er ein Kälblein aus dem Stall, um es auf den Viehmarkt zu Albbruck zu treiben. Bevor er ging, scherzte er mit den Kleinen, versprach, ihnen Gipfel mitzubringen, und erkundigte sich bei der Frau, ob sie nicht auch einen Wunsch habe.

Sonst hatte sie sich immer wieder gewinnen lassen, da er eine gar freundliche Art hatte, das Geschehene gut zu machen; heute zum erstenmal blieb sie fest und hatte keinen Blick für ihn. Es tat ihr aber gleich wieder leid und sie wollte ihm nacheilen, als ihr Blick zufällig in den kleinen Spiegel neben der Türe fiel; ganz erschrocken blieb die junge Frau stehen, denn ihr sonst so blühendes Gesicht war bleich, ihre Augen blickten trüb.

»Ich seh' schon bald aus wie die Strittmatterin«, murmelte sie vor sich hin, »ja ja, 's ist Zeit – jetzt heißt's: entweder – oder –«

Sie sah eine Weile ganz in sich versunken zum Küchenfenster hinaus, ohne zu sehen, wie die Magd sich abmühte die Wäsche auf der Wiese vor den größeren Buben zu retten, die durchaus über das Leinenzeug hinwegsetzen wollten. Erst als die Magd ganz verzweifelt rief:

»Aber Bäuerin, seht Ihr denn nicht, sie verderben mir ja die ganze Wäsch'« – kam Frau Marei zu sich und holte die Knaben herein.

»Ihr bleibt hier«, befahl sie und hielt die beiden, die wieder hinausdrängten, fest. Da wandte sich plötzlich der Große um und schlug nach der Mutter, und auch der Zweite erhob die Hand.

»Was tut ihr!« schrie Marei auf, und der Bub sagte trotzig: »Der Vater tut's auch.«

Frau Marei sank auf die Bank neben der Tür und barg schluchzend das Gesicht in beide Hände. Alsobald fielen die Knaben über sie her, liebkosten sie, und ihre Reue war ebenso heftig wie vorher ihr Zorn.

Marei aber schämte sich augenblicklich ihrer Schwäche, und schob die Kinder von sich und ging an ihre häuslichen Geschäfte.

Ihr Herz ist noch nicht dabei, sagte sie zu sich, sie tun nur, was sie gesehen, aber mit der Zeit könnt' es anders kommen – wie wird's überhaupt werden, wenn das so fort geht? Treibt er nicht ein Stückle Vieh ums andere hinunter zum Viehmarkt, alles um die Schäden zu vergüten, die seine Faust angerichtet? Auf die Weis' aber werden unsere Buben mit der Zeit zu kleinen Bauern, und dafür haben unsre Väter nicht gearbeitet –

Als sie im Laufe des Morgens, immer mit diesem Gedanken beschäftigt, hinten auf der Wiese ihre Wäsche begoß, geschah's, daß der Nachbar, dessen Hof an die Strittmattersche Wiese stieß, just gar so jammernd aus seinem Stall herauskam, so daß Frau Marei, die eben am Zaun stand, nicht umhin konnte, die Frage an den Nachbarn zu stellen:

»Was fehlt Euch denn, Vogelbacher, Ihr tut ja wie Mathäi am letzten?« Der Mann seufzte: »Mit dem Roß will's halt nimmer recht werden; seit ihm der Bader zu Ader gelassen vor ein paar Wochen, ist das feurig' Tier wie ohne Kraft.«

»Besser könnt man sich's ja gar nicht wünschen«, sagte Frau Marei und starrte dem Mann völlig abwesend ins Gesicht.

»Was redet Ihr daher?« fuhr er sie an, »wenn ich Zeit hätt', wär' ich schon lang nach Görwihl hinunter, um dem Bader den Kopf zu waschen.«

»Den Gang kann ich Euch abnehmen«, unterbrach ihn Marei, »ich hab' noch heut drunten zu tun.«

Sie besprachen sich noch eine Weile, dann verfügte sich die Frau in das Haus. Sie war überzeugt, daß sie der liebe Gott dies nur hatte erfahren lassen, um ihr den Weg zu zeigen, den sie zu gehen hatte.

Sie säumte nicht lange und machte sich auf.

Unterhalb ihres Dorfes umfing sie ein Nebel, der Wind wehte die Wolkenmassen zum Bergwald hinauf, daß die wacker Ausschreitende sich bald wie allein auf der Welt vorkam in dem feuchten Nebelmeer, das sie von allen Seiten umschloß. Aber mit eins, kurz oberhalb Görwihl, teilten sich die Wolken, und die weißen Firnen des Berneroberlandes zeichneten sich scharf am blauen Himmel ab.

Frau Marei eilte durch ein paar winkelige Gassen des kleinen Landstädtchens, trat in den Flur eines niedrigen Hauses, überschritt einen schmutzigen Hof voll Hühner und Gänse und klopfte endlich an die Türe eines Hinterhauses, das so niedrig war, daß sie sich bücken mußte, als sie über die Schwelle trat.

Da saß ein kleines, putziges Kerlchen mit einem höchst verwegenen Schnurrbart auf einem Tisch am Fenster, zwischen einem Haufen Flickarbeit, und nähte eifrig darauf los.

»Als Frau Marei mit einem: »Grüß' Gott, Schneider-Bader« in die Stube trat, nickte er mit dem Kopf und zeigte auf einen Hund, der die Eintretende mit freundlichem Wedeln begrüßte.

»Hab's schon gewußt, 's ist gut Freund, denn er hat nicht gebellt; er riecht's, er riecht die Schlechtigkeiten und den Geiz bis über den Hof, Gott sei Dank!«

Und der Schneider stieß blitzschnell mit dem Fuß einen Rock von dem einzigen Stuhl, der neben seinem Tisch stand, und lud Frau Marei zum Sitzen ein.

»Ist wer krank?« fragte er.

»Nein, ich hab' nur einen schönen Gruß vom Vogelbacher auszurichten«, sagte die Frau, »und seit Ihr sein Roß zu Ader gelassen, sei's mit dem Tier seiner Kraft vorbei, und Ihr hättet's gewiß nicht recht gemacht.«

Der Schneider-Bader machte ein Gesicht, als habe er Galle verschluckt, und fuhr im nächsten Augenblick mit einem wahren Hagelschlag von Schimpfnamen über seinen Hund her.

»Jetzt, was hat Euch das arme Tier getan?« forschte Frau Marei.

»Nichts«, gab ihr der Schneider zur Antwort, »der Hallunk hat mir nichts getan, Gott sei Dank, aber es ist mir ein bequemes Auskunftsmittel, alles was ich auf dem Herzen habe, an den Hund zu bringen; und nicht nur das Schlimme, notabene, auch das Gute, denn mein Grundsatz ist: nur nie die Leut' was merken lassen, die Welt ist voller Hallunken, Strittmatterin; weiß einer, daß er dem andern lieb ist, gleich tanzt er auf ihm herum, merkt er, daß man ihn nicht leiden mag, gleich wittert er in allen Ecken und Enden Verrat. Hätt' nur jeder so einen Hundebuckel, um darauf seine täglichen Gefühle abzuladen, die Welt wär' eine ganz andere, aber wer ist so gescheit, nach meiner Weisheit zu fragen?«

Frau Marei lachte, und dieses Lachen klang so angenehm, daß der Hund plötzlich zu ihr hinging und den Kopf auf ihr Knie legte. Sie streichelte ihn, und der Schneider bemerkte: »Jetzt denkt er, so eine kommt nicht alle Tag. O du kluges, bildschönes Tierle, du mordsappetitlicher Fratz, dafür sollst auch ein Zückerle haben. – Das ist nämlich allemal unsere Belohnung«, setzte er hinzu und holte zwei ganz mit Schnupftabak beklebte Stückchen Zucker aus der Tasche, von denen er eines in den Mund steckte und das andere dem Hund zuwarf.

»Daß ich's nur nicht vergess'«, sagte die Strittmatterin. »Ihr sollt mir ein Mittel mitgeben, daß dem Vogelbacher sein Roß wieder zu Kräften kommt.«

Und während der Schneider in einer Schieblade herum suchte, sah sich die junge Frau in der Stube um.

»Es ist recht hübsch bei Euch, Schneider-Bader«, nahm sie nach einer Weile wieder das Wort; eine Behauptung, die etwas kühn war, denn es gab nicht leicht einen unerfreulichern Raum als diese schmutzige, dumpfe Schneiderstube, deren einziges Fenster auf eine kohlschwarze Scheunenwand sah, die so nah war, daß der Schneider sie als Rechentafel benutzte und mit weißer Kreide sein Soll und Haben darauf verzeichnet hatte.

»Recht hübsch«, behauptete Frau Marei ein zweitesmal, »und lieber als daß ich ins Wirtshaus geh', ruh' ich mich noch ein bisle bei Euch aus, um so mehr, als es mir eine besondere Ehr' ist, mit einem Mann zu reden, der sich auf Krankheiten versteht und schon so vielen geholfen hat.«

»Ja, ich bin fix«, sagte der sich sehr geschmeichelt fühlende Schneider, »fix bin ich, Gott sei Dank, und es wär' alles gut, wenn mir der Doktor nicht alleweil ins Handwerk pfuschen tät, denn aus Eifersucht, weil die Bauern lieber zu mir kommen, Gott sei Dank, ist er mir immer auf den Fersen, untersucht meine Verordnungen und erhebt gleich ein Geschrei, wenn mir einmal ein Handgriff ein wenig versagt hat. Und das wissen die schlechten Bauern, das wissen die Hallunken nur zu gut, und alle paar Tag kommt mir so einer ins Haus gelaufen und droht: ›Schneider-Bader, ich sag's gleich dem Doktor, daß Ihr mir ein Stück Kinnlad' mit dem Zahn ausgerissen habt, wenn Ihr mir mein Geld nicht wieder gebt‹ – oder einer will schier gestorben sein an meiner Mixtur, und was sie sonst noch alles zusammenlügen – kurz, ich mag mich abschaffen und quälen wie nicht gescheit, der Stand meiner Kasse bleibt alleweil im Absterben –« seufzte der Schneider und gab einer kleinen, hölzernen Schüssel, die neben ihm stand, einen Stoß mit dem Ellenbogen, – »habt Ihr schon einmal eine solche Einöde gesehen, Strittmatterin?«

Sie erbarmte sich des armen Schluckers und legte ein Zehnpfennigstückchen in seine Kasse; sodann meinte sie, ihn mit den unschuldigsten Augen anblickend:

»Und es ist doch im ganzen Land berühmt, daß Ihr den Aderlaß aus dem Fundament versteht, was doch gewiß eine der schwierigsten Wissenschaften auf der Welt sein muß?«

Das Männlein riß ein langes, schmales, lanzettartiges Messer von der Wand, wo überhaupt allerlei zu seinem Doktorberuf Dienliches beisammen hing, stülpte den Hemdärmel zurück und zeigte mit der Spitze seines Messers auf eine der drei im Ellenbogengelenk liegenden Adern:

»Da schaut her, da sticht man hinein, schwub! und das Blut spritzt heraus, ein ganz probates Mittel, so ein Aderlaß, und für alle Fälle, Gott sei Dank!«

»Wie viel aber darf einer Blut verlieren, damit's nicht zu viel ist?« fragte Frau Marei, die voller Aufmerksamkeit das Gebaren des Mannes verfolgt hatte.

Er holte eine Blechschüssel von der Kommode und bezeichnete mit dem Finger eine Stelle an dem Gefäß:

»So viel ungefähr zapf' ich einem starken Bauern ab.«

»Und hernach?«

»Hernach ist die Kreatur lammfromm.«

»Man kann doch allweil etwas lernen«, sagte Frau Marei, »aber mir wär' höllenangst bei der Sach', da ich nicht wüßt', wie das Blut wieder zu stillen ist;« und sie legte ein zweites Zehnpfennigstückchen in die Kasse.

»Leicht, kinderleicht«, versicherte der Schneider, »nur eine Binde bereit halten und den Arm fein fest umwickeln, weiter braucht's nichts.«

»Nun dank' ich auch schön«, sagte die junge Frau und legte ein drittes Geldstückchen in die Kasse, »es war mir recht unterhaltlich, und schön ausgeruht bin ich auch.«

Der Schneider, der in seiner Dankbarkeit der schönen Frau auch gern etwas Freundliches erwiesen hätte, griff in die Tasche und hielt Frau Marei eine Handvoll tabakbestreuter Zuckerplätzchen hin. Sie langte jedoch nicht zu, sondern meinte:

»Ich werd' doch dem Hund nicht seinen Zucker wegessen!«

»Ach, das wär' noch schöner, den freut's«, versicherte der Schneider, »nur zugegriffen, wenn's beliebt.«

Sie schüttelte den Kopf; »'s möcht mich leicht lupfen (übel werden) wegen dem Tubak.«

»Das nenn' ich heikel«, wunderte sich das Männlein, seinen Zucker wieder einsteckend, »uns geniert's nicht, Gott sei Dank! Wenn's aber gefällig wär', auch das Schröpfen ist unterhaltlich, sowie das Blutegelansetzen, und im Hühneraugenschneiden hab' ich einen Vorteil, der mindestens einen Dukaten wert ist; Ihr sollt ihn aber um ein Billiges zu hören kriegen und noch ein Sympathiemittel dazu, damit Euch nie die schönen Zähn' ausfallen.«

Frau Marei aber hörte den Reden des mundfertigen Männleins nicht mehr zu, sondern verglich im Stillen ihr Schinkenmesser daheim mit dem Instrument, das der Bader für seine Aderlasse benutzte. Und als sie auch beim Abschied dem Käßlein keine fernere Gnade zuwandte, da meinte der Schneider, indem er einen erbärmlichen Seufzer ausstieß:

»'s nimmt doch alles ein End', und die Tugend am ehsten.«

* * *

Frau Marei schritt über die Hauptstraße des großen saubern Dorfes und setzte sich außerhalb desselben am Waldesrande nieder, denn sie sagte sich, daß der Mann nun bald heimkommen müsse; und in der Tat, wenige Augenblicke später kam Strittmatter kräftig ausschreitend den Weg herauf. Das junge Weib aber saß wohlgemut im Dickicht verborgen, und als ihr Mann näher kam, wollte ihr angesichts seiner schönen, lebensvollen Erscheinung plötzlich wieder warm ums Herz werden, um so mehr, als sie zugleich die Angst ergriff: wird ihm der Aderlaß auch keinen Schaden zufügen? Ein Sperling wiegte sich ihr gegenüber auf einem Ast, und indem sie ihm zusah, lachte sie plötzlich auf und rief diesem alle die lieben Worte und Dinge zu, die sie in diesem Augenblick für ihren Mann auf dem Herzen hatte, gerade wie es der Schneider mit seinem Hund getan.

Dann, als der Hannes plötzlich vor ihr stand, hatte sie ihrem Herzen Luft gemacht und sah ihn bloß mit einem freundlichen, etwas überlegenen Lächeln an; er griff wie verlegen in die Tasche und langte ein silbernes Kettlein hervor, das er für sie zu Albbruck erstanden hatte.

Hierauf kehrten sie miteinander im Wirtshaus ein, nahmen einen Imbiß und waren guter Dinge, denn Frau Marei wußte jetzt, daß sie's in der Hand hatte, ihren Riesen zu zähmen. Sie sah ihn darum auch plötzlich mit ganz andern Augen an, so daß der Hannes mit einemmal wie aus heiterm Himmel bemerkte:

»Du, heut' seh' ich erst, wie du eigentlich deinem Vater gleichst, besonders im Blick; ich hab' den Blick nicht gerad' mögen an ihm, es war mir immer, als führ' er was im Schild.«

»So so, ei der tausend!« lachte das junge Weib.

»Aber gelt, jetzt bist wieder völlig gut?« bat er, »wie's zugegangen, daß ich dir dein Näsle verunglimpft hab', Gott weiß es, aber das kannst mir glauben, mit Willen tu' ich dir nie was böses an, 's ist nur der Überschuß.«

Den wollen wir schon wegbringen, dachte sie.

Hand in Hand schlenkerten sie heim, wie ein junges Brautpaar, dem noch der Himmel voller Baßgeigen hängt; und als ihnen unter der Haustür die vier Büblein mit hellem Jubel entgegenstürzten, sah alles aus wie eitel Glück, und als könnt' es nie anders werden.

Aber es hielt nur acht Tage, sodann geschah's, daß den Strittmatter-Hannes wieder nach ein paar Pröbchen seiner Kraft gelüstete, so daß er den Weg zum roten Ochsen einschlug. Dort aber entstand ein großer Jubel, als der schmerzlich Vermißte sich endlich wieder wuchtigen Schrittes zu seinem Erb- und Stammsitz begab. Und seine vier Trabanten huben alsbald einen solchen Wett- und Lobgesang über ihn an und salbten ihn so kräftiglich ein, daß er vor Eitelkeit triefte und nimmer widerstehen konnte.

Frau Marei aber sagte zu sich selber, als der Mann unter den Klängen des Lumpenglöckleins und in seiner alten Verfassung über die heimatliche Schwelle stolperte:

's nimmt doch alles ein End', und die Tugend am ehsten.

Und nachdem alles den gewöhnlichen Verlauf genommen, sie ihre Schläge weg hatte, und der Mann in tiefem Schlafe lag, begab sie sich unverweilt in die Küche und kehrte gleich darauf mit dem großen, scharfgeschliffenen Schinkenmesser und einer Blechschüssel in die Stube zurück. In weniger als fünf Minuten hatte sie ihr Werk vollbracht, das Blut floß kräftig und rot in die Schüssel, und als Frau Marei das Quantum für richtig hielt, verband sie den Arm des Gatten und legte sich mit dem Bewußtsein zur Ruhe, daß nun alles anders werden müsse.

Strittmatter schlief bis tief in den Tag; als er erwachte und sich aufrichten wollte, wurde ihm ganz eigentümlich zu Mute, und er sank wieder in seine Kissen zurück.

»Ei zum Kuckuck!« sagte er, tat sich Gewalt an und fuhr in seine Kleider. Als er jedoch ein paar Schritte machen wollte, taumelte er und mußte sich am Tisch festhalten. Da fing er an zu schreien:

»Weib, Weib, hol' den Doktor, ich bin sterbenskrank!«

Frau Marei kam lächelnd herein, brachte den Kaffee und tröstete den Mann:

»Wart' nur, es wird schon besser, wenn du gegessen hast.«

Plötzlich schrie er auf: »Schau doch meine Händ' an, sehen die nicht aus, als hätt' ich über Nacht die Schwindsucht gekriegt? – O Herr Jesus, und was hab' ich denn da für eine Bind' – was ist denn mit der Bind' an meinem Arm?«

»Das will ich dir sagen«, nahm Frau Marei das Wort, »ich habe dir zu Ader gelassen, um dir die wilde Kraft auszutreiben, die uns alle zu Grund richtet. Du tust mir leid, Hannes, aber 's war die höchste Zeit.«

Strittmatter sah sein Weib einen Augenblick wie erstarrt an, dann griff er nach seinem Arm, und eine grenzenlose Wut bemächtigte sich seines Innern. Allein statt zu schreien und zu brüllen, wie er es sonst bei solchen Gelegenheiten zu tun pflegte, wurde er nur kreideweiß, kämpfte mit einem Gefühl der Ohnmacht und setzte sich vors Haus, in die Sonne; ihn fror, und er sah aus, wie ein kranker Mann.

Sofort versammelten sich seine vier Trabanten um ihn und Strittmatter klagte sein Leid, wies seine blutleeren Fäuste hin und ächzte und stöhnte dazu ganz erbärmlich. Die Mannen aber schlugen die Hände zusammen über den ›Affront‹, den die Strittmatterin ihrem Ehegemahl angetan; sie erklärten einstimmig, daß so etwas nicht ungestraft bleiben dürfe, da es sonst unstreitig um seine Mannesehre geschehen sei, wenn sich's auf dem Wald herum spreche, was ihm, dem stärksten Mann des Dorfes, von seinem Weib widerfahren war. Denn die armen Schlucker fürchteten mit Recht, daß es ihnen unfehlbar ans Wohlergehen ging, sobald die Strittmatterin in diesem Handel den Sieg davontrug; sie meinten, daß wenn der Fall ungerochen bleibe, am End' die übrigen Weiber des Dorfes sich ein Beispiel daran nehmen möchten, und es dann auf dem Wald heiße, zu Herrischried sei die Mode des Weiberregiments aufgekommen, und der Strittmatter-Hannes sei der erste gewesen, der sich habe ducken müssen. Kurz, sie wußten ihn wieder derart bei seiner Eitelkeit zu packen und ihm die Hölle heiß zu machen, daß er schließlich in alles einwilligte, was sie vorschlugen. Öffentlich sollte nach ihrer Meinung das böse Tun des Weibes gebrandmarkt werden, daß ihr nicht etwa einfalle, sich gelegentlich wieder an ihrem Eheherrn zu versündigen; denn so wie dieser eben war, in seiner Schwäche und Jämmerlichkeit, ohne Rauf- oder Trinklust, gefiel er seinen Kumpanen gar wenig, da für sie dabei nichts herauskam.

So machten sie sich denn eines Tages selbander ans Werk, eine Klagschrift aufzusetzen mit aller Bitternis und Empörung, und es wurden sämtliche Posaunen des jüngsten Gerichtes aufgerufen zur Anklage der schweren Schmach, die hier ein Weib ihrem Eheherrn angetan, und verlangt wurde eine weithin schreiende Genugtuung von sämtlichen Richtern des Himmels und der Erde.

Einer der Bauern machte sich sofort auf, um die Klagschrift an den Gerichtsschreiber auf dem Amtsgericht zu Säckingen abzuliefern, und Strittmatter sagte des Abends zu seinem Weibe:

»Jetzt ist die Kapp' zerschnitten, ich hab' dich verklagt beim Amtsgericht.«

»Sei's darum«, sagte sie, ganz freundlich dem Blick ihres Mannes begegnend, denn es war ihr nicht bang, da sie wohl vor einem gerechten Richter bestehen zu können glaubte mit dem, was sie bisher erduldet, und dem reinen Bewußtsein, ihre Tat aus keinem bösen Herzen getan zu haben.

Strittmatter aber hatte schlechte Nächte, das Essen schmeckte ihm nicht, und es saß ihm auf dem Herzen wie ein Alb, daß er seines Lebens keinen Augenblick froh werden konnte.

Als er am Tage der Vorladung sich in sein Feiertagsgewand warf, war es ihm eine peinvolle Überraschung, zu bemerken, daß ihm die scharlachrote Weste nicht mehr so stramm saß wie vordem; dies erfüllte seine Seele mit Angstgedanken vor einem frühen Ende und stimmte ihn nicht eben zu Gunsten seines Weibes. Trotzdem war er gesonnen, im kritischen Augenblick, wenn sie für längere Zeit ›ins Loch‹ abgeführt werden sollte, auf das Strafverfahren zu verzichten und sich mit der gerichtlichen Feststellung zu begnügen, daß sich die Frau schwer an ihrem Eheherrn vergangen und ihr Tun ein gesetzwidriges und strafbares gewesen. Nach solchem Rechtsspruche glaubte er seiner Mannesehre genug getan zu haben; aber damit die Sache auch wirksam verbreitet werde, lud er seine vier Anhänger zur Mitfahrt nach Säckingen ein; ebenso befahl er seinem Weib:

»Die zwei Großen müssen auch mit, auf daß sie bei Zeiten erfahren, was ein Mannsbild in der Welt gilt.«

Frau Marei widersprach nicht und hob ihre Buben zum Kutschersitz hinauf, wo sie rechts und links vom Vater zu sitzen kamen; sie selber kletterte, nachdem sämtliche Mannen ihren Platz eingenommen, zu hinterst auf den letzten Sitz, so wie es einer Sünderin geziemte; allein sie saß so schmuck und wohlgemut mit ihrem Körblein auf den Knieen da, als ging's zur Kirchweih und nicht aufs Gericht, hatte sie doch seit jener Nacht keinen einzigen Rausch ihres Gatten zu verzeichnen, er war wirklich lammfromm geworden, so daß sie nicht anstand die Worte des Schneider-Baders vor sich hin zu murmeln:

»So ein Aderlaß ist wirklich ein probates Mittel, Gott sei Dank!«

Zu Säckingen im ›Knopf‹ wurde ein kräftiges Frühstück genommen, und da auch Frau Marei in dieser letzten Stunde weder Mutlosigkeit noch Zerknirschung verriet, sondern wacker zulangte, ihre Knäblein versorgte und nicht einmal vergaß, ihnen die Mäuler zu wischen, da sagte sich der höchsterregte Strittmatter angesichts einer solchen Verhärtung:

»Jetzt soll mir's auch nicht darauf ankommen, sie wenigstens einen halben Tag lang sitzen zu lassen.«

Als die Stunde gekommen war, erhoben sie sich und traten, mit den vier Mannen hinter sich her, ihren Weg ins Amtshaus an.

Nun hatte es aber der Richter hinter seinem grünen Tisch bereits aus der wunderlich verfaßten Klagschrift ersehen, daß der Handel zwischen den beiden Eheleuten nicht eben ernst zu nehmen und wohl mit Leichtigkeit beizulegen sei.

Das Gebaren des schön herausgeputzten Hotzenwälders bestärkte ihn nur in seiner Meinung, denn Strittmatter, angefeuert durch die Gegenwart seiner vier Trabanten, vor denen er seines Renommees halber durchaus groß dastehen wollte, Strittmatter brachte seine Klage über die Tat seines Weibes in solch unklaren, sich widersprechenden Worten hervor, er konnte kein Ende finden, sich als den stärksten Mann mit der größten Faust im Umkreis von fünf Stunden zu preisen und lamentierte so herzbrechend über die Abnahme dieser schönen Kraft nach dem Aderlaß, der sein blühendes Dasein in ein Siechtum verwandelt habe, daß die studierten Herren, die da saßen, augenscheinlich mit dem Lachen kämpften, und sein Weib, sich seiner schämend, vor Unwillen errötete.

Nur die vier Bauern, die in einer der vordern Bänke Platz genommen, wohnten der Sache mit vollkommenem Ernste bei; unter ihnen saßen auch die Knaben mit andächtig gefalteten Händchen, da ihnen der Ort gar mächtig imponierte, und ihnen überdies eingeschärft worden war, sich ja nicht zu mucksen.

Strittmatter aber schloß seine Rede mit dem Antrag, der Herr Richter möge seinem Weibe nur recht die Leviten lesen und ihr auch eine gehörige Straf' zudiktieren, denn man sollte zu Herrischried sehen, daß es nicht ungerochen bleibe, wenn eine sich gegen die Ehre ihres Mannes verging und selbigen zum Gespött der Leute mache.

Der Richter ließ sich jedoch nichts vorschreiben, sondern forderte die schmucke Frau in aller Freundlichkeit auf, ob sie auf die Anschuldigungen ihres Mannes nicht ein Wörtlein zu erwidern habe, worauf Frau Marei sich bescheiden erhob, einen Knix machte und folgendermaßen begann:

»Ich darf mich wohl rühmen, so mir Gott verzeihen möge, den besten Mann zu haben, den sich ein Weib nur wünschen mag, denn nicht nur, daß er alleweil fröhlich und guter Dinge ist, nie knausert oder in den Topf guckt, es ist noch außerdem die pure Freud, sich mit ihm blicken zu lassen, wo's lustig hergeht unter den Leuten, und eben ein ganz ander Ding, sich mit einem gerad gewachsenen Menschenbild im Tanz zu drehen, als mit einem kropfigen, windschiefen oder gar kupfernasigen Mannsbild, wie sie da unten beisammen hocken und Maulaffen feil haben.«

Die vier Herrischrieder sahen sich bei diesen Worten betroffen an, als wollten sie sagen: sind wir damit gemeint? Strittmatter aber, höchlich erstaunt über das gute Zeugnis, das ihm sein Weib so vor aller Welt ausstellte, Strittmatter dachte eben: Lumpen laß ich mich nicht, ich erlaß ihr die Straf' – als die Frau wieder das Wort nahm und ruhig und klar zu sprechen fortfuhr:

»Nun werden's aber die Herren Richter wohl auch wissen, daß wir alle miteinander Menschen sind, und darumwegen nicht nur Tugenden, sondern auch Laster auf unsern Erdengang mitbekommen haben: eines der größten aber ist die Eitelkeit; und jeder soll sich nur gleich an der eigenen Nas' packen, ob er nicht selber so ein Gärtlein voll Unkraut in sich heget und großzieht und ein Geschrei anhebt, so ihm einer hineintritt – gerad wie mein lieber Mann, dessen irdisch' Teil der arge Mißbrauch ist, den er mit seiner schönen Kraft treibt, denn der Teufel ist allweil bei der Hand, uns vom rechten Weg zu locken. Diesmal aber hat er sich hinter jene vier Mannen versteckt, die wir von Herrischried mitgebracht, und die keine Ruh' geben mit ihrem: ›Strittmatter, so einer wie du – Strittmatter mit deiner Faust – die ist nur zum Aufräumen in der Welt –‹; kurz ihn zu all den bösen Händeln aufstiften, ihn im Wirtshaus festhalten, sich blau und lahm von ihm schlagen lassen und dann ihr schönes Wehr- und Schmerzensgeld verlangen, auf welche Weise sie alle Viere, wie sie dort sitzen, sich allgemach ein nettes Sümmlein erpreßt haben.«

Der Richter sah auf:

»Also Erpressung – da gehören ja jene vier Leute auf die Anklagebank –«

Die Herrischrieder erbleichten, hierauf wurde einer nach dem andern mählich kleiner, zuletzt sah man nur noch einzelne Haarbüscheln über die Lehne der vordersten Bank ragen, und also gebückt und so leise wie möglich auftretend, strebten sie der Türe zu, hinter der sie geräuschlos verschwanden. »Ja, macht euch nur aus dem Staube«, rief ihnen Frau Marei nach, »von nun an hab' ich euch doch im Sack! – denn«, wandte sie sich an den Richter, »wenn sie mir den Mann so weit gebracht, daß er das Dreinschlagen für seine Schuldigkeit hält, und ihn, Gott sei's geklagt, der Wein gänzlich zum wilden Tier gemacht, so setzt er daheim das böse Handwerk fort und schlägt mich, sein Weib –«

Hier unterbrach sie der Mann, dunkelrot im Gesicht:

»Ich bin mir's nicht bewußt – ich weiß nichts von Schläg' –«

»Aber ich«, unterbrach ihn die helle Stimme seines Ältesten, »sei nur still, Vater, oder ich sag's –«

»Ja, ja, wir sagen's«, rief auch der Jüngere.

Darauf entstand eine augenblickliche Stille, in der aller Augen auf Strittmatter gerichtet waren. Er wischte sich angelegentlich die Stirne: schlug ihm nicht alles fehl? Er hatte seine Buben mitgenommen, damit sie erfahren sollten, was ein Mannsbild in der Welt galt, und nun zeugten sie gegen ihn, zum Vorteil der Mutter. Seine vier Kumpane aber, die ihn gegen sein Weib aufgestiftet hatten und allein schuld waren, daß er sie vor Gericht verklagt hatte, die elenden Kerle verließen ihn in dem Augenblick, als ihnen die eigene Sicherheit gefährdet erschien.

Frau Marei hatte auf der Kinder Einmischung nur einen kurzen Blick auf ihren Hannes geworfen und dann schnell wieder weggeschaut, denn sie fürchtete, sein Anblick möchte sie weich stimmen, sie aber wollte ihre Sache zu Ende führen. Ihre Stimme zitterte freilich ein wenig, als sie jetzt, mit der Hand auf ihre Kleinen weisend, zu sprechen fortfuhr:

»Ich will nicht dereinst vier Mannsbilder in der Welt zurücklassen, die's in der Ordnung finden, ihre Weiber zu prügeln; denn was man von früh auf mit angesehen, daran gewöhnt sich der Mensch. Der alte Strittmatter selig hat sein Weib geschlagen, jetzt macht's ihm sein Sohn nach – im Rausch noch – aber später könnt's anders kommen. Da hab' ich mir gesagt, jetzt heißt's: entweder – oder! entweder du gehst wie die alte Strittmatterin zu Grund, verlierst die Achtung der Leute und läßt deine Buben wie ihr Vater werden, oder du legst ihm's Handwerk und kurierst ihn von der bösen Kraft, die in ihm wohnt. Nun, und da hab' ich ihm halt in Gottesnamen eine halbe Schüssel Blut abgezapft, und kann nur sagen, 's ist ein probates Mittel und hat recht geholfen, Gott sei Dank, denn alles Übel kommt bei ihm vom Überschuß.«

Eine halbe Stunde später verließen die Herrischrieder das Amtshaus; Strittmatter ging kleinlaut hinter seinem Weib und den Kindern her, die ihrer Mutter jauchzend am Arm hingen.

So viel stand fest, nicht sie, er, der Mann war's, an den die Strafpredigt des Richters ergangen war; denn auf dessen Frage, ob er mit seinem Weib überhaupt nicht glücklich gelebt habe, hatte Strittmatter der Wahrheit die Ehre gegeben und die Tugenden seiner Marei herausgestrichen, wie vorher sie die seinen; nur die letzte Tat, so etwas, meinte er, könne ein Ehemann doch eigentlich nicht gut ungerochen auf sich sitzen lassen.

Aber der Richter belehrte ihn eines andern; er erklärte, nichts Strafbares an dem Tun der Frau finden zu können, denn nicht verletzen habe sie ihn wollen, sondern heilen – gewissermaßen eine Operation an ihm vornehmen, um, wie sie gesagt habe, ihn von seinem Überschuß zu befreien. Jedenfalls aber habe er, Strittmatter, allen Grund, seinen Antrag zurückzunehmen und froh zu sein, wenn ihm sein Weib, nach allem, was er ihr zugefügt, willig zur Versöhnung die Hand reiche.

Dies geschah denn auch, und so war Frau Marei die einzige, die aus diesem Handel wie frischgefallener Schnee hervorging. Denn nicht nur, daß der Richter ihr kein Wort des Tadels gesagt hatte, er gab ihr noch die gute Lehre mit auf den Weg, fürderhin, wenn sie wieder unter der Behandlung ihres Mannes zu leiden habe, sich einfach an das Gericht zu wenden, wo ihr zu jeder Zeit Schutz und Hilfe zu teil werde, denn fortgesetzte Mißhandlung von seiten des Ehegatten sei ein genügender Grund zur Ehescheidung.

Besonders dieser letzte Ausspruch war dem Hannes in alle Glieder gefahren, denn daß so etwas möglich sein könne, daran hatte er gar nicht gedacht.

Als vor dem Wirtshaus die Buben sich unter Jubelgeschrei auf ihren vor der Türe stehenden Wagen stürzten, stand sich das Elternpaar plötzlich gegenüber, aber mit seltsam flimmernden Augen, als blende sie der grellste Sonnenschein.

Indes Frau Marei fand alsobald das richtige Wort:

»Jetzt will ich nur schnell ein tüchtiges Essen bestellen, denn die Sitzung war lang, du aber such' derweil die vier armen Sünder zusammen, damit sie sich auch gütlich tun und wenigstens *eine* schöne Erinnerung an die gemeinsame Reis' haben.«

Die Bäuerlein ließen sich trotz ihres Grolls nicht sonderlich bitten, langten beim Mahle wacker zu und behielten ihre Gedanken für sich.

Bei der Heimfahrt aber schwang sich Frau Marei, ohne lang zu fragen, auf den Kutschersitz zu ihrem Gatten, nachdem sie vorher die Büblein zu dessen Füßen auf den Pferdedecken untergebracht hatte. In einem Anfall von Übermut nahm sie dem Mann plötzlich Zügel und Peitsche aus der Hand und lenkte das Gefährt gar lustig knallend zum Städtlein hinaus.

»Ihr fahrt aber zu, Strittmatterin«, meckerte einer der Bauern, der gut' Wetter machen wollte.

Sie lachte: »Soll ich mich nicht freuen, daß ich den Karren heraus hab', und noch dazu einen, der so schwer beladen war? – hüschto, Brauner, hüschto, meine Rößle!«

Und sie gab den schön gebürsteten, kräftig ausschreitenden Pferden all die herzlichen, warmen Worte, die sie in diesem Augenblick für ihren Hannes auf den Lippen hatte, dessen demütige Gebrochenheit ihr in die Seele schnitt. Zu sich selber aber sagte sie: Auch das ist ein probates Mittel, seine Sach' an den Letzen zu bringen, denn's erleichtert einen selber, und tut dem andern keinen Schaden.

»Fahr' zu, Hannes«, wandte sie sich an den Gatten, ihm die Zügel hinwerfend, »mir pressiert's heim, denn ich hab' den Weibern zu Herrischried eine gar frohe Kundschaft zu bringen, und ich weiß manch' eine, die mir dankbar sein wird für den Weg, den ich ihr weisen kann. Du aber, Hannes«, und sie gab dem Gatten einen kräftigen Klaps auf die Schulter, »du brauchst den Kopf nicht hängen zu lassen, wie die viere da hinten, denn sie sind's und nicht wir, zu denen der Herr Richter gesagt, sie gehören auf die Anklagebank.«

Erzählungen aus dem Biedermeier

Biedermeier - das klingt in heutigen Ohren nach langweiligem Spießertum, nach geschmacklosen rosa Teetässchen in Wohnzimmern, die aussehen wie Puppenstuben und in denen es irgendwie nach »Omma« riecht.

Zu Recht. Aber nicht nur.

Biedermeier ist auch die Zeit einer zarten Literatur der Flucht ins Idyll, des Rückzuges ins private Glück und der Tugenden. Die Menschen im Europa nach Napoleon hatten die Nase voll von großen neuen Ideen, das aufstrebende Bürgertum forderte und entwickelte eine eigene Kunst und Kultur für sich, die unabhängig von feudaler Großmannssucht bestehen sollte.

Georg Büchner Lenz **Karl Gutzkow** Wally, die Zweiflerin **Annette von Droste-Hülshoff** Die Judenbuche **Friedrich Hebbel** Matteo **Jeremias Gotthelf** Elsi, die seltsame Magd **Georg Weerth** Fragment eines Romans **Franz Grillparzer** Der arme Spielmann **Eduard Mörike** Mozart auf der Reise nach Prag **Berthold Auerbach** Der Viereckig oder die amerikanische Kiste

ISBN 978-3-8430-1884-5, 444 Seiten, 29,80 €

Erzählungen aus dem Biedermeier II

Annette von Droste-Hülshoff Ledwina **Franz Grillparzer** Das Kloster bei Sendomir **Friedrich Hebbel** Schnock **Eduard Mörike** Der Schatz **Georg Weerth** Leben und Taten des berühmten Ritters Schnapphahnski **Jeremias Gotthelf** Das Erdbeerimareili **Berthold Auerbach** Lucifer

ISBN 978-3-8430-1885-2, 440 Seiten, 29,80 €

Erzählungen aus dem Biedermeier III

Eduard Mörike Lucie Gelmeroth **Annette von Droste-Hülshoff** Westfälische Schilderungen **Annette von Droste-Hülshoff** Bei uns zulande auf dem Lande **Berthold Auerbach** Brosi und Moni **Jeremias Gotthelf** Die schwarze Spinne **Friedrich Hebbel** Anna **Friedrich Hebbel** Die Kuh **Jeremias Gotthelf** Barthli der Korber **Berthold Auerbach** Barfüßele

ISBN 978-3-8430-1886-9, 452 Seiten, 29,80 €